Britta Schön

Besser reiten

So versteht dich dein Pferd

SCHNEIDER BUCH

Die Deutsche Bibliothek – CIP-Einheitsaufnahme

Schön, Britta:
Besser reiten : so versteht dich dein Pferd / Britta Schön.
[Innenfotos: Thomas Höller]. – München : Egmont Schneider, 1998
ISBN 3-505-10896-0

Dieses Buch wurde auf chlorfreies, umweltfreundlich hergestelltes Papier gedruckt. Es entspricht den neuen Rechtschreibregeln.

Der Schneider Verlag im Internet:
http://www.schneiderbuch.de

Titelfoto: Lothar Lenz
Umschlaggestaltung: ART-DESIGN Wolfrath, München
Innenfotos: Thomas Höller
Lektorat: Carola Nowak
Herstellung: Gabi König
Satz: Egmont Pestalozzi Verlag, Erlangen
Druck/Bindung: Tiskarna Mladinska Knjiga, Slovenia
ISBN 3-505-10896-0

98 99 / 8 7 6 5 4 3 2 1

Inhalt

Hinweis: Leider tragen viele Reiterinnen und Reiter, die in diesem Buch abgebildet sind, keine Reitkappe. Das ist ihre persönliche Entscheidung – aber grundsätzlich ist das Tragen einer Kappe oder eines Sicherheitshelms für jeden Reiter sehr empfehlenswert. Auch wenn du findest, dass ein solcher Kopfschutz unangenehm ist und nicht besonders schick aussieht – denk daran, dass er deinen Kopf bei einem Sturz vor schlimmen Verletzungen bewahren kann!

Für meine Eltern, die mir ein Leben mit Pferden geschenkt haben.
Besonders danke ich meinem Vater, der mir mit seinem Kenntnisreichtum stets hilfreich zur Seite stand und noch steht.

Die Autorin

Britta Schön wuchs mit Pferden auf. Sie war als Reitlehrerin tätig, bevor sie die Chefredaktion der Jugend-Pferdezeitschrift *Paddock* übernahm. Heute leitet sie die Redaktion der Pferdefachzeitschrift *Pferde heute*. Die erfahrene Reiterin lebt und arbeitet in Bonn.

Wer Pferde liebt, der träumt davon, sich mit fast unsichtbaren Signalen mit ihnen zu verständigen. Doch bis man so weit ist, muss man vieles lernen ...

Besser reiten – aber wie?

Welcher Pferdefreund träumt nicht davon, ein richtig guter Reiter zu werden? Vollkommene Harmonie mit dem Pferd – Turniererfolge – Anerkennung und Bewunderung – das müsste herrlich sein! Wenn es nur nicht so anstrengend wäre, das alles zu erreichen ...

Es gehört viel Geduld und Übung dazu, gut reiten zu lernen. Doch wann ist dieses Ziel erreicht? Wenn ich mit meinem Pferd schwierige Lektionen beherrsche? Wenn wir über Hindernisse springen können, die eine bestimmte Höhe haben? Oder reicht es aus, dass ich mein Pferd auf einem Ausritt kontrollieren kann?

Das alles ist wichtig und richtig. Doch einen wirklich guten Reiter erkennt man an ganz anderen Dingen: Er kennt sein Pferd genau und weiß über dessen Vorlieben, Abneigungen und Launen Bescheid. Er kann auch sich selbst und seine Grenzen ganz genau einschätzen – und deshalb wird er weder sein Pferd noch sich selbst überfordern. Ein guter Reiter verständigt sich durch Hilfen mit seinem Pferd – und nicht durch Grobheiten. Er spricht mit seinem Pferd und er ist immer auch der Freund seines Pferdes! (Und natürlich ist ein guter Reiter sehr oft eine gute Reiterin – in diesem Buch ist nur der Einfachheit halber die männliche Form gewählt.) Dieses Buch möchte dir dabei helfen, ein guter Reiter zu werden. Doch das Wichtigste dafür musst du selbst mitbringen: die Liebe zum Pferd.

Die deutsche Reitweise

In diesem Buch werden viele Lektionen und Bestandteile der deutschen Reitweise erklärt und es wird beschrieben, wie man die einzelnen Übungen ausführt. Doch woher kommen diese Bestandteile eigentlich? Wir reiten schließlich nicht deshalb eine Volte, weil irgendjemand irgendwann beschlossen hat, dass so ein kleiner Kreis eigentlich ganz hübsch wäre ...

Viele Lektionen, die heute sozusagen Selbstzweck sind, sind aus ganz praktischen Überlegungen entstanden. Leider hat die Entstehung dieser Lektionen oft einen kriegerischen Hintergrund – die deutsche Reitweise wurde nämlich vor allem beim Militär entwickelt. Doch auch wenn wir mit diesem kämpferischen Ursprung heute glücklicherweise nichts mehr zu tun haben, hat sich daraus doch etwas Gutes entwickelt: eine Reitweise, die das Verständnis zwischen Pferd und Reiter fördert. Denn im Kampf durfte es einfach nicht passieren, dass das Pferd nicht gehorchte – das konnte schließlich für Pferd und Reiter tödlich sein! Die Ausbildung von Reiter und Pferd zielte also darauf ab, beide so zu schulen, dass das Pferd auf die leiseste Hilfe des Reiters reagierte. Dabei sollte es sehr wendig sein und stets im Gleichgewicht bleiben. Der Reiter wiederum musste lernen seine Hilfen so zu geben, dass das Pferd sie verstand und gerne mitarbeitete. Das Pferd durfte unter dem Sattel nicht verspannt sein oder gar Schmerzen haben, denn dann hätte es den Hilfen seines Reiters nicht zuverlässig gehorcht. Deshalb wurde es sorgfältig gymnastiziert und trainiert. Im Krieg mussten Ross und Reiter große Strecken zurücklegen und der Reiter war voll und ganz auf sein Pferd angewiesen. Aus diesem Grund war die schonende Behandlung des Pferdes sehr wichtig.

Wenn man diesen Hintergrund kennt, wird vieles klarer. Warum gibt es zum Beispiel das Abteilungsreiten? Weil bei der Kavallerie (den berittenen Einheiten des Militärs) in Formation geritten wurde! So gehörten beispielsweise exakte Schwenks mit der Abteilung zur militärischen Ausbildung. Und zu welchem Zweck wurde das Leichttraben erfunden? Damit die Soldaten möglichst schonend und möglichst schnell lange Strecken zurücklegen konnten.
Und noch eine – von vielen Reitern gar nicht so gern gesehene – Tradition stammt aus den Zeiten der Kavallerie: der berühmt-berüchtigte Kommandoton, den man in den Reithallen teilweise immer noch hört. Natürlich können Anweisungen auch freundlich gegeben werden. Doch gerade beim Abteilungsreiten sind klare und eindeutige Kommandos einfach notwendig, damit in der Abteilung kein Chaos ausbricht!

Eine Volte in der Abteilung ist zum Beispiel schon ziemlich schwierig und klappt nur dann, wenn alle wirklich im gleichen Moment abwenden – sonst reiten sich die Abteilungsreiter gegenseitig über den Haufen, was man auch tatsächlich häufig sehen kann (zur Freude der Zuschauer ...). Damit der Zeitpunkt des Abwendens eindeutig festgelegt wird und die Reiter dennoch Gelegenheit haben sich und ihre Pferde auf die Lektion vorzubereiten, wird mit einer kurzen Pause kommandiert: „Volte – marsch!" Dieses „marsch" ist also nicht nur ein unnützer Ausdruck aus der Militärsprache: Es erfüllt auch heute noch den Zweck, Reiter und Pferd nicht einfach mit einem Kommando

Das Abteilungsreiten stammt genauso wie das Formationsreiten aus den Zeiten der Kavallerie.

zu „überfallen“. Im Grunde sind viele Kommandos also viel freundlicher gemeint, als sie manchmal klingen. Der Ursprung der höheren Dressurlektionen liegt noch weiter in der Vergangenheit. Aus dem ritterlichen Einzelkampf zu Pferde entwickelte sich die hohe Schule, die auch heute noch überall Bewunderung hervorruft. Beim Zweikampf auf knappem Raum war es wichtig, dass das Pferd zum Beispiel enge Volten gehen konnte ohne aus dem Gleichgewicht zu geraten. Voraussetzung dafür war die Versammlung des Pferdes, wie sie auch in der modernen Dressur noch angestrebt wird.

Und schließlich kam es bei den Ritterkämpfen immer auch darauf an, den Gegner von vornherein einzuschüchtern. Wer schon einmal Vorführungen der hohen Schule gesehen hat, muss zugeben, dass diese Pferde sehr beeindruckend wirken! Etwas Angabe war also schon immer dabei ...

So entwickelte sich die deutsche Reitweise nach und nach und wurde immer wieder ergänzt. Denn es handelt sich dabei eben nicht um eine gewissermaßen „künstliche“, also planmäßig von Menschen entworfene Reitweise. Sie ist vielmehr im Laufe der Zeit natürlich gewachsen und wurde immer wieder den Erfordernissen des Augenblicks angepasst. Heute sehen die Beweggründe für eine dressurmäßige Ausbildung von Pferd und Reiter selbstverständlich anders aus als früher zu Kriegszeiten. Die damals im Kampf benötigten Lektionen sind im Dressursport zum Selbstzweck geworden, wie es auch bei den meisten anderen modernen Sportarten der Fall ist. Auf Turnieren werden in entsprechenden Prüfungen der Ausbildungsstand von Pferd und Reiter sowie die

angestrebte Harmonie zwischen beiden überprüft. Dafür muss man natürlich nicht unbedingt auf ein Turnier gehen; schließlich ist es auch zu Hause und ohne Zuschauer ein tolles Gefühl, wenn man bei der Arbeit mit seinem Pferd merkbare Fortschritte macht. Denn nicht zuletzt macht es viel Spaß, zusammen mit seinem Pferd Dressurlektionen zu erarbeiten!
Doch abgesehen davon haben die einzelnen Dressurlektionen auch heute noch einen praktischen Nutzen: Sie fördern die Gymnastizierung und die Versammlung des Pferdes und verbessern die Verständigung zwischen Pferd und Reiter. Das hilft dem Pferd, das Reitergewicht möglichst so zu tragen, dass es durch die zusätzliche Belastung keine körperlichen Probleme bekommt. Deshalb ist eine solide Grundausbildung nicht nur für Turnierreiter wichtig. Sie ist auch die Voraussetzung dafür, dass man mit seinem Pferd problemlos durchs Gelände streifen kann.
Schon aus Sicherheitsgründen sollte man vor dem ersten Ausritt unbedingt Reitunterricht auf dem Platz oder in der Halle nehmen. In den Reitstunden lernt der Reiter sich mit seinem Pferd zu verständigen – er erwirbt Grundkenntnisse im Dressurreiten. Ob und wie weit man diese Übung dann ausbaut und sich auch auf Turnieren mit anderen Reitern misst, bleibt jeder Reiterin und jedem Reiter selbst überlassen. Doch an einer umfassenden Grundausbildung führt für den verantwortungsbewussten Reiter kein Weg vorbei!

Auch wenn man mit seinem Pferd nur locker durchs Gelände streifen möchte, kommt man an einer soliden Grundausbildung nicht vorbei.

Die Reitweise: englisch oder deutsch?

Die in diesem Buch beschriebene Reitweise wird oft als englische Reitweise bezeichnet. Üblicherweise meint man damit das Dressurreiten – und das, obwohl die Dressur in England gar nicht so viele Anhänger hat ... In England ist vor allem das Jagdreiten zu Hause und so leiten sich auch viele Bestandteile des englischen Reitstils vom Jagdreiten ab. Natürlich haben die Reiter im deutschsprachigen Raum auch Elemente, die aus England stammen, übernommen – zum Beispiel das englische Reithalfter.
Die Reitweise im deutschsprachigen Raum hat ihre eigene Geschichte und entwickelte sich hier weiter. Deshalb ist in diesem Buch immer von der deutschen Reitweise die Rede. Damit ist der Reitstil gemeint, der hierzulande verbreitet ist und in den Reitschulen gelehrt wird.

Theorie und Praxis

„Man wird erst dann ein guter Reiter, wenn man schon einmal vom Pferd gefallen ist.“ Eine schmerzhafte Reiterweisheit! Und noch etwas anderes sagt dieser Satz: Die Übung ist unersetzlich. Wer reiten lernen möchte, muss eben immer wieder aufs Pferd steigen! Reiten lernt man nur durch Reiten. Aber wenn das so ist – wozu dann all die Pferdebücher und Reitlehren, wozu dann dieses Buch?

Man kann sich und dem Pferd viele Fehlschläge, Irrwege und Missverständnisse ersparen, wenn man sich zunächst darüber klar wird, was Reiten eigentlich ist – und wie es „funktioniert“. Das Gefühl für das Pferd stellt sich sehr viel schneller ein, wenn man weiß, wie die Reaktionen des Vierbeiners zu deuten sind. Ein kluger Reiter wird aufgrund der Reaktionen seines Pferdes ständig seine Einwirkung überprüfen und verbessern. Denn wenn etwas nicht sofort klappt, liegt es fast immer am Reiter und nicht etwa am Pferd. Um sich weiterentwickeln zu können braucht der Reiter nicht nur eine fundierte Ausbildung im Sattel, sondern auch gründliche theoretische Kenntnisse. Gerade in der Dressur kann der Reiter eine Lektion nur dann wirklich gut ausführen, wenn er weiß, wie diese Lektion korrekt geritten wird. Und er sollte auch wissen, *warum* sie so geritten wird.

Dieses Buch kann und will die Reitstunden also nicht

ersetzen, aber es kann eine sinnvolle Unterstützung und Ergänzung des Reitunterrichts sein.

Die Voraussetzungen

Damit das Training von Erfolg gekrönt wird, müssen einige Voraussetzungen erfüllt sein. Als Erstes brauchst du natürlich ein gesundes Pferd. Selbstverständlich muss dir das Pferd nicht gehören – du kannst auch auf deinem Pflegepferd ein guter Reiter werden. Wenn du im Reiten nicht schon sehr weit fortgeschritten bist, sollte das Pferd unbedingt bereits ausgebildet sein. Denn wenn beide Partner noch nicht viel können, kommt es mit Sicherheit zu Schwierigkeiten. Ab einer gewissen Ausbildungsstufe können sich Pferd und Reiter gemeinsam weiterbilden. Doch für den Anfang brauchst du ein Pferd, das deine Hilfen versteht, weil es sie schon kennt. Sonst könntest du ja gar nicht herausfinden, wann du die richtigen Hilfen gegeben hast.
Wenn Pferd und Reiter Anfänger sind, können sie – wenn überhaupt – bestenfalls irgendwie miteinander klarkommen. Aber auf einem fremden Pferd beziehungsweise unter einem fremden Reiter werden sie große Schwierigkeiten haben, denn keiner von beiden kennt ja die allgemein gebräuchlichen Hilfen wirklich. Schlimmstenfalls werden Pferd und Reiter irgendwann aufgeben: Das Pferd wird „sauer“, wenn ein ungeschickter Reiter immer wieder falsche oder grobe Hilfen gibt. Und der Reiter hat so keine Chance sich vernünftig mit seinem Pferd zu verständigen.

Ist das Pferd dagegen bereits ausgebildet, kann es seinen Reiter dazu erziehen, die richtigen Hilfen zu geben. So ein Pferd ist im Grunde der beste Reitlehrer!

Die Grundelemente der Dressur kann jedes Pferd erlernen. Ab einem etwas höheren Grad der Versammlung sind manche Pferde jedoch aufgrund ihres Körperbaus und ihrer Veranlagung klar im Vorteil. Anderen fällt es dagegen viel schwerer, die gewünschten Lektionen korrekt auszuführen. So sind es in erster Linie so genannte Barockpferde, die die Lektionen der hohen Schule beherrschen – diese Pferde sind seit Jahrhunderten dafür gezüchtet worden.

Andere Pferderassen haben ihre Stärken dagegen in anderen Bereichen. Die Stärken und Schwächen eines Pferdes hängen einerseits von seiner Rasse ab, andererseits aber auch von seiner individuellen Veranlagung. Man sollte die natürlichen Anlagen eines Pferdes stets berücksichtigen, um es nicht zu überfordern.

Dein Pferd sollte nicht nur gut ausgebildet sein, sondern auch gerne mitarbeiten. Dabei spielt die Haltung eine große Rolle: Ein Pferd, das dreiundzwanzig Stunden am Tag in der Box steht, wird sicher nicht so ausgeglichen sein wie ein Artgenosse, der sich zusammen mit anderen Pferden auf der Weide austoben und erholen kann. Täglicher freier Auslauf ist für jedes Pferd wichtig. Gerade dann, wenn man als Reiter Konzentration und Leistung von seinem Pferd erwartet, sollte man ihm auch das Zusammensein mit Pferdekameraden im Auslauf oder auf der Weide gönnen.

Als Reiter muss man vor allem guten Willen mitbringen, denn wer sich ehrlich Mühe gibt, wird in der Regel auch Erfolg haben. Doch ehe du dich der Dressurarbeit widmest, solltest du völlig locker, entspannt, angstfrei und im Gleichgewicht auf dem Pferd sitzen. Sonst kannst du nämlich keine korrekten Hilfen geben! Rümpfe daher nicht die Nase, wenn dein Reitlehrer dir schon wieder Sitzübungen an der Longe verordnet – genau hier kannst du nämlich das Wichtigste lernen: Du bekommst ein Gefühl für die Bewegung des Pferdes

Die Barock-Reitweise wird immer beliebter – nicht nur bei Anhängern der klassischen Dressur. Auch mittelalterliche Turnierspiele sind heute wieder „in“.

unter dir. Wenn du in allen drei Gangarten locker auf dem Pferd sitzt und dich dabei nicht an den Zügeln festhältst, sondern auch freihändig sicher sitzen bleibst, erfüllst du eine der wichtigsten Voraussetzungen fürs Dressurreiten.

Ebenso entscheidend wie ein sicherer Sitz ist deine innere Einstellung. Spaß muss sein! Wenn dir das Reiten keine Freude bereitet, läuft mit Sicherheit irgendetwas schief. Ehrgeiz gehört ebenfalls dazu – aber in Maßen. Auch wenn du von Turniererfolgen träumst, darfst du nie die Geduld verlieren. Mit Gewalt erreicht man überhaupt nichts, schon gar nicht im Umgang mit Lebewesen. Im Gegenteil: Das Verständnis für deinen Partner Pferd kann dir in jedem Fall nur nützen. Und schließlich musst du konsequent sein. Das ist das A und O im Umgang mit Pferden, ob als Reiter oder auf dem Boden.

So stellt der Umgang mit Pferden oft die Selbstbeherrschung des Reiters auf die Probe. Reiten bildet den Charakter, und zwar in einem sehr positiven Sinn!

Nur wer sein Pferd liebt und versteht, kann auch ein guter Reiter werden.

Denn Pferde dulden keine Hektik und keine Pfuscherei, sie durchschauen deine Lügen, ignorieren die Faulpelze unter den Menschen und fallen auf Angeber nicht herein. So bringen sie dich dazu, ehrlich und gewissenhaft, liebevoll, geduldig und konsequent mit ihnen umzugehen – vorausgesetzt, du setzt dich ernsthaft mit ihnen auseinander und hast den Willen ein guter Reiter zu werden! Wer die Liebe zum Pferd und den ehrlichen guten Willen mitbringt, wer bereit ist sich zu engagieren und wer auch etwas Schweiß nicht scheut, wer mit Freude bei der Sache ist und wer bei alledem sein Pferd als Lebewesen achtet und respektiert – der bringt alle Voraussetzungen mit, ein wirklich guter Reiter zu werden.

Um den richtigen Sitz zu erlernen braucht man unbedingt einen guten Reitlehrer oder eine gute Reitlehrerin.

Sitz und Einwirkung

„Kopf hoch, Bein lang!" – „Absatz tief, Zehen nach innen!" – „Schultern zurück!" – Anweisungen, die wir alle aus der Reitstunde gut kennen. Als Reitschüler glaubt man manchmal, dass derjenige, der sich all das irgendwann einmal ausgedacht hat, aus Gummi gewesen sein muss: Wie sonst soll man die gewünschte Körperhaltung erreichen und auch noch beibehalten? Während die Zehenspitzen nach innen

zeigen, soll selbstverständlich die flache Wade am Pferdeleib anliegen – ja, Pustekuchen. Und während man sich mit der richtigen Körperhaltung abmüht, macht das Pferd, was es gerade will. Denn bei diesen Verrenkungen auch noch auf das Pferd einzuwirken gelingt den wenigsten.
Wenn die Reitstunde so abläuft, ist irgendwo der Wurm drin. Den korrekten Sitz erreicht man nämlich nicht durch krampfhafte Bemühungen, sondern nur durch eine entspannte Haltung! Das Geheimnis lautet also ganz einfach: *locker bleiben.*

Warum ist es eigentlich so wichtig, wie man auf dem Pferd sitzt? Hauptsache, man fällt nicht runter – könnte man meinen. Doch so einfach ist es leider nicht. Denn wer fehlerhaft im Sattel sitzt, kann seinem Pferd nur begrenzt durch seine Hilfen mitteilen, was es tun soll. Außerdem sitzen oft gerade die Reiter mit der nicht ganz so korrekten Haltung auch nicht besonders fest und sicher im Sattel. Da fällt man schneller mal herunter, als manchem lieb wäre ...
Es geht also nicht darum, zähneknirschend irgendwelche Regeln zu befolgen. Jeder Reiter muss selbst ein Interesse daran haben, möglichst sicher und locker im Sattel zu sitzen – denn auch verkrampfte Muskeln können auf Dauer ganz schön schmerzen. Außerdem denkt der gute Reiter ja nicht nur an sich, sondern immer auch an sein Pferd! Und gerade den Pferden zuliebe sollten wir uns um einen guten Sitz bemühen. Denn ein richtig sitzender Reiter ist auch für das Pferd viel angenehmer. Er fällt dem Vierbeiner nicht so oft in den Rücken – so ein zentnerschwerer Reiter, der mit Schwung in den Sattel plumpst, ist bestimmt nicht gerade angenehm! Außerdem ist ein Reiter mit einem korrekten Sitz in der Lage, seinen Schwerpunkt mit dem des Pferdes in Einklang zu bringen. Wenn das Pferd beispielsweise um die Kurve geht, kann der Reiter ihm diese Bewegung erleichtern, indem er seinen Schwerpunkt nach innen verlagert und nicht etwa nach außen rutscht. Und eben dafür braucht er einen ausbalancierten Sitz.
Und noch etwas sollte man stets bedenken: Sehr oft

werden Pferde bestraft, weil sie angeblich ungehorsam waren. Dabei liegt es so gut wie immer am Reiter und an seiner Hilfengebung, wenn ein Pferd nicht so reagiert, wie man es von ihm erwartet. Wenn ich als Reiter verkrampft und unsicher auf dem Pferd herumrutsche, kann ich nicht erwarten, dass es gleich wunschgemäß reagiert. Wie soll das Pferd denn bei dem Gewurstel erkennen, was ich möchte? Aus einem sicheren und ruhigen Sitz heraus kann der Reiter seine Hilfen so eindeutig geben, dass das Pferd sie auch versteht. Und dann kommen viele Missverständnisse, die oft als Ungehorsam ausgelegt werden, gar nicht mehr zu Stande.

Der Sitz des Reiters

Man unterscheidet in der deutschen Reitweise drei verschiedene Sitzarten: den Dressursitz, den Entlastungssitz und den Springsitz, der vor allem im Springparcours zur Anwendung kommt. Im Folgenden wollen wir uns zunächst einmal mit dem Dressursitz befassen.

Wie sieht er denn nun aus, der korrekte Dressursitz? Zunächst das Wichtigste: Der Reiter muss tatsächlich *sitzen* – und nicht etwa in den Steigbügeln stehen oder sich mit den Oberschenkeln am Pferd festklammern. Man setzt sich richtig auf seine vier Buchstaben und da bleibt man auch sitzen. Der Oberkörper wird aufrecht gehalten, die Ellenbogen sind leicht angewinkelt und die Beine liegen leicht am Pferdeleib an ohne hochgezogen zu werden und ohne zu klammern. Das klingt gar nicht so schwierig, hat aber doch so seine Tücken ...

Schon mit dem „Sitzen" haben sehr viele Reiter große Schwierigkeiten. Denn mit den Oberschenkeln kann man sich so schön festklammern! Und wenn man mit Steigbügeln reitet, kann man ganz bequem in den Bügeln stehen und muss gar nicht mehr sitzen! Auf diese Weise mogeln sich viele Reiter ein Leben lang durch. Sie sitzen nie richtig im Sattel und so können sie auch niemals wirklich korrekte Hilfen geben. Außerdem fallen solche Reiter in heiklen Situationen sehr viel schneller herunter als jemand, der fest im Sattel sitzt.

Für das Erlernen des tiefen Sitzes braucht man weder besonderes Talent noch spezielle Fähigkeiten, sondern in erster Linie Überwindung: Als Reiter muss man sich einfach einmal ein Herz fassen und sich trauen die Beine locker hängen zu lassen! Im ersten Moment rutschen die meisten Reiter dann – gerade im Trab – auf eine Seite und hoppeln relativ hilflos im Sattel herum. Und dann klammern sie sich eben doch wieder fest, weil sie glauben, dass es halt nicht anders geht. Falsch! Jeder Reiter hat einmal so angefangen. Nach ein paar Runden gewöhnt man sich in der Regel an die Bewegungen des Pferdes unter sich – zumindest so weit, dass man nicht mehr alle drei Meter fast vom Pferd fällt. Und niemand sollte Angst haben sich dabei zu blamieren! Wie gesagt, diese Erfahrung hat jeder gute Reiter einmal gemacht. Und selbst wenn man schon jahrelang reitet, aber noch nie den richtigen Sitz eingenommen hat, wird man dieses Erlebnis haben.

Ohne Sattel zu reiten macht nicht nur Spaß – es fördert auch das Gleichgewicht und das Gefühl für die Bewegungen des Pferdes.

Es ist übrigens nicht peinlich, sondern ganz im Gegenteil bewundernswert, wenn sich auch ein bereits erfahrener Reiter die Mühe macht den richtigen Sitz zu erlernen.

Reiten ohne Sattel

Obwohl sich die meisten Reiter mit Sattel sicherer fühlen, sollte man unbedingt auch einmal Sitzübungen auf einem ungesattelten Pferd machen! Durch den unmittelbaren Kontakt zum Pferderücken bekommt man ein viel direkteres Gefühl für die Bewegungsabläufe des Pferdes. Außerdem kann man sich ohne Sattel viel schlechter heimlich mit den Beinen festklammern – da muss man schon ehrlich sitzen. Mit Sattel kann man dagegen – sogar ohne Steigbügel – noch ziemlich gut mogeln. Übrigens macht es auch viel Spaß mal ohne Sattel zu reiten!

Wenn man diese Phase also mutig durchsteht, wird man entdecken, dass es sich mit aufrechtem Oberkörper und locker am Pferd herabhängenden Beinen am besten sitzt. Der Körperteil, der dafür verantwortlich ist, dass wir nicht haltlos auf dem Pferd herumhopsen, ist das Becken. Es kippt entsprechend der Bewegung des Pferderückens und fängt so die Stöße ab, die uns sonst aus dem Sattel katapultieren würden. Wie das funktioniert, kannst du zu Hause selbst ausprobieren:

Setz dich aufrecht auf einen stabilen Stuhl, und zwar ganz vorne auf die Kante. Bringe den Stuhl dann zum Kippen ohne dich irgendwo anders abzustützen. Dazu kippst du automatisch dein Becken ab.
Wenn du auf dem Pferderücken sitzt, musst du also nur locker in der Hüfte sein. Dann wirst du im Trab kaum noch herumgeworfen. Es funktioniert übrigens nicht, wenn du dein Becken sozusagen bewusst und mit Absicht zu kippen versuchst – dadurch würdest du dich nur verkrampfen. Wenn du aber entspannt sitzen bleibst, regelt dein Körper den Rest eigentlich ganz von allein.
Wer in allen Gangarten aufrecht und mit locker herabhängenden Beinen freihändig sitzen kann – sowohl auf dem gesattelten als auch auf dem ungesattelten Pferd –, der ist schon ein echter Könner. Und er erfüllt alle Voraussetzungen um gezielt mit dem Pferd arbeiten zu können.

Die Länge der Steigbügel

Fürs Dressurreiten werden die Steigbügelriemen sehr lang verschnallt, sodass das Knie kaum angewinkelt ist. Mit langen Beinen sitzt der Reiter auch tiefer im Sattel und kann so besser dressurmäßig auf sein Pferd einwirken. Fürs Reiten im Gelände werden die Bügelriemen dann circa zwei Löcher kürzer geschnallt und zum Springen verkürzt man sie noch einmal um weitere ein bis zwei Löcher. Das ist notwendig, damit der Reiter den im Gelände und im Springparcours vorteilhaften Entlastungssitz beziehungsweise den Springsitz einnehmen kann. Für das Überwinden von Hindernissen ist es sehr wichtig, dass der Reiter sich weit genug aus dem Sattel heben kann um das Pferd über dem Sprung nicht zu behindern.

Die Schenkel des Reiters

Zum Dressursitz gehört natürlich noch mehr.

Während man lernt, wirklich zu „sitzen“, verzichtet man ja ganz bewusst auf den Einsatz der Arme und Beine. Diese werden erst wieder benutzt, wenn der Reiter so weit ist, dass er sich weder mit den Beinen festklammert noch sich am Zügel festhält. Denn beides tut dem Pferd weh und dem Reiter nicht gut.

Aus dem unabhängigen Sitz heraus legt der Reiter nun die Beine leicht an den Pferdeleib an.

Beim Einsatz der Beine für die so genannten Schenkelhilfen muss man mehrere Dinge beachten.

Die Beine sollen leicht am Pferdeleib anliegen und sich nicht festklammern. Dennoch ist etwas Knieschluss erwünscht. Das heißt, dass die Knie dicht und flach am Sattel anliegen sollen. Die Kunst besteht darin, die Beine zwar locker, aber dennoch mit beständigem Kontakt zum Pferdekörper einzusetzen. Dazu lässt man seine Beine ab der Hüfte möglichst lang „fallen“. Die Knie sind leicht angewinkelt und die Beine rahmen den Pferdeleib ein. Zwar kommen hier die ganzen Beine des Reiters zum Einsatz, doch besonders wichtig ist die Einwirkung des Unterschenkels. Wenn im Folgenden von den Schenkeln die Rede ist, sind daher in erster Linie die Unterschenkel des Reiters gemeint.

Beim korrekten Sitz sollte die gedachte Linie Schulter – Hüfte – Absatz möglichst

Beim korrekten Dressursitz bilden Schulter, Hüfte und Absatz eine senkrechte Linie.

Der perfekte Sitz?

Lass dich von den formalen Angaben auf diesen Seiten nicht verrückt machen! Menschen sind keine Maschinen – natürlich hat jeder Reiter seine individuelle Eigenart. Diese Angaben sollen dir vor allem Anhaltspunkte geben, wie du dich richtig hinsetzen kannst. Du solltest zwar schon versuchen dich danach zu richten. Aber bitte verzweifle nicht, wenn nicht alles auf Anhieb exakt so klappt, wie es hier beschrieben ist!

senkrecht verlaufen. Doch viele Reiter neigen dazu, die Beine viel zu weit vorne an den Pferdeleib zu legen. Dabei kann man vor allem zwei Varianten beobachten: Entweder sind die Bügel relativ kurz – dann kommt es zum Stuhlsitz. Er wird so genannt, weil die Position des Reiters von der Seite aussieht, als säße er auf einem Stuhl: Die Knie sind hochgezogen und die Schenkel geraten dadurch viel zu weit nach vorne. Oder die Bügel sind sehr lang verschnallt und der Reiter streckt die Knie durch und damit die ganzen Beine nach vorne, während er sich in den Bügeln abstützt. Beide Sitzarten machen es unmöglich, korrekte Schenkelhilfen zu geben.

Im Dressursitz macht man die Beine lang und legt sie an den Pferdeleib ohne zu klammern.

Richtig ist es, den Schenkel vom Knie an leicht nach hinten zu legen, sodass er im Normalfall am Gurt liegt. „Am Gurt" bedeutet, dass sich die Vorderkante des Reitstiefels an der Hinterkante des Sattelgurtes befindet.

Nun liegt der Schenkel also am Gurt – so weit, so gut. Doch damit ist es immer noch nicht getan! Es ist auch sehr wichtig, wie du den Steigbügel belastest.

Bestimmt hast du beim Aussitzen im Trab schon einmal die Bügel verloren – das passiert am Anfang jedem. Dazu kann es kommen, wenn die Steigbügel zu lang verschnallt sind. Aber auch wenn der Reiter nicht richtig sitzt, sich verkrampft und die Beine hochzieht, rutschen seine Füße leicht aus den Bügeln. Und sogar dann, wenn er eigentlich einen guten Sitz hat, passiert es immer wieder, dass die Bügel verloren gehen! Das liegt am Fußgelenk, am Knöchel. Wenn man sich hier versteift, wird es schwer, den Bügel zu behalten.

Die Bewegung des Pferdes sollte im Sprunggelenk abgefedert werden, während der Fußballen deutlich belastet wird und festen Halt im Steigbügel findet. Auf diese Weise schlägt man zwei Fliegen mit einer Klappe: Man verliert die Bügel nicht mehr und das lästige „Absatz tief!" des Reitlehrers hat auch ein Ende. Denn der Absatz kann in dieser Haltung nicht mehr hochgezogen werden.

Es ist übrigens nicht unbedingt sinnvoll, den Absatz unter allen Umständen zum tiefsten Punkt des Reiters machen zu wollen. Es reicht völlig aus, ihn nicht hochzuziehen – das allerdings ist unerlässlich! Denn sonst verkrampft man sich wieder. Wie in jedem Bereich

Die Haltung der Füße

Aus zweierlei Gründen solltest du immer daran denken, den Steigbügel wirklich mit dem Fußballen aufzunehmen und nicht etwa den ganzen Fuß hindurchzustecken. Zum einen ist da der Sicherheitsaspekt: Bei einem Sturz bleibst du sehr viel eher im Bügel hängen, wenn du deinen Fuß zu weit hindurchgesteckt hast. Zum anderen kannst du nur dann korrekte Hilfen geben, wenn dein Fußballen auf der Trittfläche des Steigbügels ruht.

Eins nach dem anderen ...

Versuche nicht mit Gewalt deinen Sitz in die hundertprozentig richtige, vorgeschriebene Form zu pressen. Wenn du das tust, wirst du dich nämlich ziemlich sicher verkrampfen – und das ist das Schlimmste, was dir passieren kann. Erst wenn du dich auf dem Pferd wohl fühlst und locker im Gleichgewicht sitzt, ist es Zeit, auf die Feinheiten zu achten.

So ist es richtig: Der Oberkörper ist aufrecht, ohne dass die Reiterin ein Hohlkreuz macht oder die Schultern hochzieht.

der Reiterei gilt auch hier der Grundsatz: locker bleiben. Das Gleiche gilt für die Fußspitzen: Sie dürfen ruhig leicht auswärts zeigen, nur richtig nach außen drehen darf man sie nicht. Denn dann könnte man die berühmte „flache Wade“ nicht mehr einsetzen.
Diese Wade liegt nun bei einem relativ tiefen und vor allem federnden Absatz am Gurt an. Perfekt!

Der Oberkörper

Auch die Haltung des Oberkörpers trägt entscheidend dazu bei, ob der Reiter korrekte Hilfen geben kann. Durch die Position des Oberkörpers werden nämlich die Gewichtshilfen beeinflusst. Und obwohl es auf den ersten Blick eigentlich gar nicht so schwierig erscheint, den Oberkörper richtig zu halten, muss man hier so manches beachten.
Der Oberkörper soll aufrecht und senkrecht gehalten werden. Es gibt zwei Fehler, die schon an diesem Punkt häufig zu beobachten sind: Entweder der Reiter sackt in sich zusammen und fällt nach vorne oder er macht ein Hohlkreuz.

Beides behindert die Einwirkung auf das Pferd. Am stärksten kommen die Gewichtshilfen zur Geltung, wenn das Gewicht direkt von oben einwirkt – logisch! Wer krumm sitzt und nach vorne fällt, entlastet den Pferderücken und nimmt den Gewichtshilfen somit viel von ihrer Wirkung. Wer ein Hohlkreuz macht und sich zurücklehnt, ist ebenfalls nicht in der Lage fein auf das Pferd einzuwirken.
Die Parole lautet also: aufrechte Haltung ohne den Rücken übertrieben durchzubiegen! Dabei werden die Schultern zurückgenommen, aber nicht hochgezogen. Auch das ist im ersten Moment gar nicht so einfach. Hier kann zum Beispiel etwas Gymnastik helfen die Schulterpartie zu lockern, sodass die Schulterblätter zwar zurückgenommen sind, aber trotzdem bewusst fallen gelassen werden können.
Der Kopf ist leicht erhoben, der Blick des Reiters geht zwischen den Pferdeohren hindurch nach vorne. Man sollte immer dahin gucken, wohin man reitet – dann erlebt man auch keine unliebsamen Überraschungen, wenn das Pferd plötz-

Fit aufs Pferd

Beim Reiten wird nicht nur der Körper des Pferdes gefordert, sondern auch der des Reiters. Menschen, die andere Sportarten betreiben, wärmen sich in der Regel vorher ausgiebig durch Gymnastik auf. Sie lockern ihre Muskulatur und machen Dehnungsübungen. Dadurch sinkt das Verletzungsrisiko und die Leistungsfähigkeit steigt.

Nur vor dem Reiten kommt kaum jemand auf die Idee sich entsprechend vorzubereiten! Dabei braucht man gerade hier eine ganz besonders gute Körperbeherrschung: Der Reiter muss bei einer grundsätzlich lockeren Haltung einzelne Muskelpartien bewusst und gezielt einsetzen und bei alledem eine bestimmte Körperspannung aufrechterhalten. All das kann man nicht nur auf dem Pferd trainieren, sondern sehr gut auch am Boden üben. Es ist daher sinnvoll, sich schon vor dem Aufsitzen zu lockern und warm zu machen. Und wenn das Pferd von einem Helfer geführt wird, kann man auch im Sattel die Arme kreisen lassen, sich nach beiden Seiten beugen und viele andere gymnastische Übungen ausführen.

Außerdem sind diejenigen Reiter klar im Vorteil, die auch in anderen Sportarten ihre Körperspannung und -beherrschung trainieren. Jazz-Dance oder Aerobic sind dafür beispielsweise gut geeignet, doch auch andere Sportarten können dem Reiter auf die Sprünge helfen.

lich vor etwas scheut, das man selbst noch gar nicht gesehen hat!

In Wendungen muss der Reiter noch auf etwas anderes achten. Hier soll er sein Gewicht nach innen verlagern. Um das zu erreichen knicken viele Reiter in der Hüfte ab – und bewirken damit genau das Gegenteil! Dadurch wird das Gewicht nämlich nicht nach innen, sondern nach außen verlagert, denn das ganze Gesäß rutscht bei diesem Manöver nach außen. Das Pferd erhält auf diese Weise genau das falsche Signal! Der Oberkörper muss also immer aufrecht bleiben, und zwar nicht nur von der Seite aus gesehen, sondern auch von vorne oder hinten betrachtet!

Die Linie Ellenbogen – Hand – Pferdemaul soll gerade verlaufen.

Die Arme und Hände

Was die Haltung der Arme und Hände angeht, gibt es ebenfalls viele abenteuerliche Varianten zu bestaunen. Da werden die Arme komplett durchgestreckt, die Hände zu tief oder viel zu hoch gehalten; da werden die Handgelenke zu den merkwürdigsten Stellungen verdreht ...
Dabei ist die richtige Haltung eigentlich ganz einfach: Die Oberarme liegen am Oberkörper an. Die Ellenbogen werden nicht verdreht oder abgespreizt, sondern liegen ebenfalls am Oberkörper an. Die Hände stehen aufrecht, der Daumen bildet eine Art Dach auf der Zügelfaust. Dabei dürfen sich die kleinen Finger ein ganz klein wenig näher sein als die Daumen.
Und nun gibt es einen Leitfaden, an den man sich halten kann um die richtige Winkelung des Ellenbogens und des Handgelenks zu ermitteln: *Ellenbogen, Hand und Pferdemaul bilden eine ungebrochene Linie.* Der Unterarm wird also so gewinkelt, dass die Hände in Richtung Pferdemaul zeigen.

Das gilt übrigens nicht nur für die Betrachtung von der Seite, sondern auch für die Ansicht von oben, also aus der Perspektive des Reiters! Die Handgelenke dürfen nicht verdreht werden – sonst wäre die Linie ja nicht mehr gerade und ungebrochen.
Die Hand des Reiters bildet die Zügelfaust. Und diese Zügelfaust steht aufrecht, ohne dass das Handgelenk nach innen oder außen gedreht wäre. In der richtigen Position befindet sich die Zügelfaust ungefähr eine Handbreit über dem Widerrist des Pferdes. Die beiden Zügelfäuste stehen so weit auseinander, dass die ungebrochene Linie Ellenbogen – Zügelfaust – Pferdemaul weiter besteht. Dabei ist es besonders wichtig, dass jede Hand auf ihrer Seite bleibt! Stell dir vor, der Widerrist deines Pferdes wäre eine Grenze, die nicht überschritten werden darf. So kann die rechte Hand niemals auf die linke Seite des Widerrists gelangen – und genauso hat die linke Hand nicht das Geringste auf der rechten Seite zu suchen.

Die Zügelfaust soll aufrecht gehalten werden, und zwar ungefähr eine Handbreit über dem Widerrist des Pferdes.

Jetzt wissen wir also, wie der Sitz des Reiters in der Theorie aussieht. Aber der schönste Sitz nützt gar nichts, wenn der Reiter nichts weiter kann als schön im Sattel sitzen! Es ist entscheidend, wie er seinen Körper einsetzt und die einzelnen Hilfen aufeinander abstimmt um sich mit seinem Pferd zu verständigen.

Jede einzelne Hilfe ist wichtig und muss korrekt ausgeführt werden, damit das Pferd sie verstehen kann.

Die Hilfengebung

Die Kunst des Reitens ist mit dem richtigen Sitz natürlich noch lange nicht erschöpft – etwas mehr Einsatz wird schon verlangt. Und hier zeigt sich dann auch, warum es Reit*kunst* heißt. Es ist tatsächlich eine Kunst, die eigenen Körperbewegungen vollkommen aufeinander abzustimmen, sämtliche Körperteile und Muskelpartien unter Kontrolle zu haben und bewusst einzusetzen und bei alledem stets in Verbindung mit dem Pferd zu bleiben. Das Pferd gibt durch sein Verhalten ständig die Rückmeldung an den

Reiter, ob dieser die Hilfen richtig eingesetzt hat. Wenn das Pferd nicht wie erwartet reagiert, hat der Reiter offensichtlich etwas nicht ganz richtig gemacht. Macht das Pferd etwas nicht gut, so merkt es das daran, dass der Reiter seine Hilfen wiederholt. Macht der Reiter etwas falsch, so wird er durch die entsprechend unerwarteten Reaktionen des Pferdes darauf aufmerksam gemacht. So ist das Reiten ein beständiger Dialog zwischen Pferd und Reiter. Beide Partner erhalten ununterbrochen Rückmeldungen darüber, wie der andere das eigene Verhalten deutet und versteht. Ziel dieser „Unterhaltung“ ist es, die Hilfengebung so zu verfeinern, dass die Verständigung zwischen Reiter und Pferd reibungslos klappt.

Die Schenkelhilfen

Das Wichtigste gleich zu Beginn: Schenkelhilfen bestehen nicht darin, mit dem Stiefelabsatz in den Pferdebauch zu treten oder mit dem Schenkel dagegen zu klopfen. Wie bereits beschrieben, soll der Schenkel beständig ruhig am Pferdeleib anliegen. Um ihn zu aktivieren, reicht es völlig aus, den Druck zu verstärken! Jedes gut gerittene Pferd wird prompt reagieren.

Auch wenn das Pferd auf diesen Druck keine Reaktion zeigt, hat es überhaupt keinen Sinn, zu treten oder permanent zu klopfen. Vielleicht erreicht man damit, dass das Pferd irgendwann so genervt ist, dass es irgendetwas tut. Aber man bringt ihm so auf keinen Fall bei richtig auf die Schenkelhilfen zu reagieren. In diesem Fall hilft es allerdings auch nicht, den Druck immer weiter zu verstärken – wer hat schon solche Kräfte, dass er damit ein Pferd beeindrucken könnte? Reagiert das Pferd zunächst nicht, so ist es sinnvoll, kurz mit dem Schenkeldruck nachzulassen und dann erneut Druck auszuüben. So wird die Hilfe kurz unterbrochen und dann wieder aufgenommen. Denk immer daran: Das Ziel der ganzen Übung besteht ja darin, sich durch eine möglichst feine Hilfengebung mit seinem Pferd zu verständigen – und eben nicht durch Grobheiten.

Versammlung und Hankenbeugung

Wenn ein Pferd ohne Reiter frei herumläuft, trägt es einen großen Teil seines Gewichtes mit den Vorderbeinen. Wenn nun noch das Reitergewicht dazukommt, muss man dem Pferd unbedingt beibringen die vermehrte Last mit der Hinterhand aufzunehmen. Sonst kann es an der Vorhand schnell zu Verschleißerscheinungen kommen!

Der Grund dafür liegt im Körperbau des Pferdes: Die Vorderbeine führen gerade vom Rumpf bis zum Boden, die Gelenke sind nicht gewinkelt. Das Gewicht, das auf der Vorhand ruht, kann daher nicht mit Unterstützung der Muskulatur in den Gelenken abgefedert werden. Das einzige Gelenk, das hier etwas abfangen kann, ist das Fesselgelenk.

Die Hinterbeine verlaufen dagegen mit Hüfte, Knie und Sprunggelenk nicht in einer geraden, sondern in einer mehrfach gewinkelten Linie. Wird die Hinterhand nun vermehrt belastet, kann das Pferd diese Last dank der Winkelung in den Gelenken viel besser abfedern als vorne.

In der dressurmäßigen Versammlung des Pferdes wird die so genannte Hankenbeugung angestrebt, bei der das Pferd die Gelenke der Hinterhand beugt, dabei die Kruppe senkt und so die Hauptlast mit der Hinterhand aufnimmt. Die Vorhand richtet sich dabei auf und wird sozusagen „leicht“. Die Hinterbeine des Pferdes treten in dieser Haltung weit nach vorne unter den Schwerpunkt. Man spricht daher auch davon, dass der Reiter das Pferd zum Untertreten veranlassen soll.

Grundsätzlich dienen die Schenkelhilfen dazu, das Pferd zu treiben – und zwar beständig, nicht nur dann, wenn man gerade das Tempo verstärken möchte. Dieses Treiben soll das Pferd nicht nur fleißig halten – es hat außerdem den Zweck, die Hinterhand des Pferdes zu aktivieren. Denn das Pferd kann das Reitergewicht auf Dauer nur dann schadlos tragen, wenn es das meiste davon mit den hinteren Gliedmaßen aufnimmt. Andernfalls kommt es schnell zu Schäden an den Vorderbeinen, da diese das Gewicht nicht so gut abfedern können und deshalb unter der zusätzlichen Belastung durch das Reitergewicht leiden.

Damit das Pferd mit den Hinterbeinen vermehrt unter den Schwerpunkt tritt, gibt der Reiter treibende Gewichts- und Schenkelhilfen.

In welcher Form der Schenkel zum Einsatz kommt, hängt aber auch stark von der Hand ab, auf der du dich befindest. (Wenn du in der Reitbahn linksherum reitest, sodass deine linke Körperseite zur Bahnmitte zeigt, ist das die linke Hand. Wird rechtsherum geritten, befindet man sich auf der rechten Hand.) Neben dem „Herantreiben“ der Hinterhand, für das ja beide Schenkel permanent zuständig sind, haben der jeweils innere und äußere Schenkel nämlich auch noch grundsätzlich unterschiedliche Aufgaben!

Der Innenschenkel ist bei allen gebogenen Linien sehr wichtig, also praktisch bei jeder Kurve, die geritten wird. Auf gebogenen Linien soll sich das Pferd entsprechend dieser Linie biegen. Und gebogen wird es *um den Innenschenkel!*
Dazu legt man den Innenschenkel wie oben beschrieben *an den Gurt* und wirkt durch vermehrten Druck der Wade aktiv auf das Pferd ein. So wird der Innenschenkel bei jeder Biegung eingesetzt: in der Ecke der Reitbahn, auf dem Zirkel, bei Schlangenlinien und Volten – kurz: immer dann, wenn man nicht geradeaus reitet. So hindert der Innenschenkel das Pferd daran, in Biegungen den bequemeren Weg zu wählen und ungebogen die Ecke abzukürzen. Durch den Einsatz des Innenschenkels wird das Pferd gleichsam auf die gebogene Linie hinausgedrängt und dazu gebracht, sich zu biegen. Geht es dann wieder geradeaus, bleibt der Innenschenkel zwar aktiv, wirkt aber mit etwas vermindertem Druck auf das Pferd ein. Nun dient er wieder hauptsächlich dazu, die Hinterhand des Pferdes zum aktiven Untertreten zu veranlassen.

Der Schenkel am Gurt …

… und verwahrend hinter dem Gurt

Der Außenschenkel ist auf gebogenen Linien ebenfalls unerlässlich. Klar – eine Hilfe alleine reicht nicht, es müssen schon alle miteinander kombiniert und aufeinander abgestimmt werden! Dennoch kommt dem Außenschenkel zunächst einmal eine eher passive Rolle zu. Man spricht hier auch vom verwahrenden Schenkel.

Der verwahrende Außenschenkel liegt *zwei bis drei Handbreit hinter dem Gurt.* Dort passt er auf, dass das Pferd sich der Einwirkung des Innenschenkels nicht durch Flucht nach außen entzieht! Das heißt, er liegt dort (hinter dem Gurt) am Pferdeleib an und übt erst in dem Moment vermehrten Druck aus, in dem der Reiter spürt, dass sein Pferd mit der Hinterhand zu weit nach außen drängt. So wird das Pferd durch den Innenschenkel in die Biegung hineingetrieben, bis der Außenschenkel begrenzend eingreift.
Auf geraden Linien liegt der Außenschenkel nicht hinter dem Gurt, sondern wie der Innenschenkel am Gurt. Hier erfüllen ja beide Schenkel die gleiche Aufgabe.

Die Gewichtshilfen

Die Gewichtshilfen spielen bei der dressurmäßigen Arbeit mit dem Pferd ebenfalls eine große Rolle. Nun könnte man meinen, dass man ja sowieso Gewichtshilfen gibt – schließlich lässt man sich vom Pferd tragen, da wird es das Gewicht schon spüren! – und dass es hier deshalb nicht so viel zu tun gibt. Falsch! Denn das Pferd bemerkt unser Gewicht sehr genau. Gerade deshalb muss der Reiter gut darauf achten, in welcher Weise er dieses Gewicht einsetzt. Durch die richtige oder auch die falsche Verlagerung seines Gewichts macht der Reiter es seinem Pferd leicht oder schwer, sich im Gleichgewicht zu bewegen. Wenn das ganze Reitergewicht nach außen hängt, kann das Pferd kaum nach innen gebogen und ausbalanciert um eine Kurve gehen! Um korrekte Gewichtshilfen geben zu können muss der Reiter zuallererst aufrecht und im Gleichgewicht auf dem Pferd sitzen und seinen Schwerpunkt mit dem des Pferdes in Übereinstimmung bringen.

Wer richtig im Sattel sitzt und sich dabei im Gleichgewicht befindet, spürt auf gerader Strecke beide Gesäßknochen, die gleichmäßig belastet werden. Durch diesen Druck wird das Pferd ebenso wie durch die Schenkelhilfen dazu veranlasst, fleißig vorwärts zu treten.

In Biegungen muss der innere Gesäßknochen deutlich stärker belastet werden als der äußere. Dabei bleibt der Oberkörper aufrecht und das innere Bein wird nicht hochgezogen, sondern im Gegenteil besonders lang gemacht. Schon durch dieses „lange" Bein wird der Schwerpunkt des Reitergewichtes auf die entsprechende Seite verlagert. Wer in der Hüfte einknickt, gibt auf jeden Fall die falschen Gewichtshilfen (siehe Seite 24).

Entscheidend für die Gewichtshilfen ist es vor allem, dass der Reiter wirklich im Sattel *sitzt* und dabei nicht unruhig herumrutscht. Er sollte tief und ruhig am Pferd „kleben". Nur dann kann das Pferd eine Gewichtsverlagerung auch als Hilfe erkennen statt bloß genervt zu sein, weil der da oben schon wieder nicht still hält ...
Bei diesem tiefen Sitz im Sattel gibt der Reiter belastende Gewichtshilfen. Diese belastenden Gewichtshilfen kommen vor allem bei der dressurmäßigen Arbeit mit dem Pferd zum Einsatz. Sie sind unerlässlich um die angestrebte Versammlung des Pferdes zu erreichen. Im Gegensatz dazu neigt der Reiter bei den entlastenden Gewichtshilfen seinen Oberkörper etwas nach vorne, sodass die Gesäßknochen (und somit auch der Rücken des Pferdes) entlastet werden. Dabei wird der Oberkörper aber nicht krumm gemacht!

Im Entlastungssitz nimmt der Reiter sein Gesäß leicht aus dem Sattel ohne den Rücken krumm zu machen.

Durch die veränderte Haltung des Oberkörpers werden nun auch die Hände etwas tiefer gehalten, sonst wäre die Linie Ellenbogen – Hand – Pferdemaul ja unterbrochen. Diesen Sitz bezeichnet man als Entlastungssitz. In welchen Situationen dieser Entlastungssitz zur Anwendung kommt, werden wir später noch sehen (siehe Seite 113).

Die Zügelhilfen

Die Zügel sind auf den ersten Blick das offensichtlichste Einwirkungsmittel, das dem Reiter zur Verfügung steht. Die Versuchung ist groß damit zu verfahren wie mit einem Fahrradlenker: links ziehen = linksherum, rechts ziehen = rechtsherum, an beiden Zügeln ziehen = anhalten. Für den Anfänger ist das ja auch einleuchtend – und in gewissem Maße funktioniert es sogar. Doch wer dressurmäßig mit seinem Pferd arbeiten möchte, darf die Zügel nicht auf diese Art handhaben.

Die Grundregel gleich vorweg: *Man darf niemals am Zügel ziehen – unter keinen Umständen!* Ein Pferdemaul ist nicht dazu da, dass die Reiter ihre Armmuskulatur daran trainieren können. Dafür gibt es schließlich extra Trainingsgeräte – beim Reiten hat solches Krafttraining nichts zu suchen!

Es gibt sehr viele Ausreden dafür, dass Reiter am Zügel ziehen. Und so gut wie immer ist angeblich das Pferd schuld daran – nach dem Motto: Ich war's nicht, der andere hat angefangen! Denk aber einmal daran, wie empfindlich Zunge, Zahnfleisch und Mund- beziehungsweise Maulwinkel sind. Dann wird dir klar, dass Pferde sich bestimmt nicht freiwillig den Schmerzen aussetzen, die ihnen das Geziehe dort bereitet. Und tatsächlich fängt kein Pferd ganz von alleine an, sich auf das Gebiss zu legen und dem Reiter die Zügel aus der Hand zu ziehen! Solche Pferde haben immer Erfahrungen mit unsicheren oder groben Reitern machen müssen.
Gerade unsichere Reiter neigen dazu, sich am Zügel festzuhalten. Das ist sicher nicht böse gemeint, aber das Pferd spürt nur das Ziehen am Zügel. Und so kommt hier wieder die

Bedeutung des lockeren, tiefen und vor allem zügelunabhängigen Sitzes ins Spiel.

Gegen das sinnlose und erfolglose Ziehen hilft nur eins: sich nicht an den Zügeln festhalten! Es ist erstaunlich, was allein damit schon gewonnen ist. Zügel sind keine Notbremse und auch nicht das wichtigste oder gar einzige Mittel der Verständigung zwischen Pferd und Reiter. Im Gegenteil: Die Zügelhilfen kommen von der Bedeutung her *nach* den Gewichts- und Schenkelhilfen. Es gibt einige sehr gute Reiter, die eine schwere S-Dressur ohne Zaumzeug und Zügel reiten können! Einen schöneren Beweis dafür, dass Reiten nichts mit „am Zügel ziehen" zu tun hat, kann es wohl kaum geben! Dennoch ist es ja nicht der Normalfall, dass die Zügel überhaupt nicht benutzt werden. Doch wenn wir sie einsetzen, sollten wir Verschiedenes bedenken. Da ist zunächst einmal die Zügellänge: Die Zügel werden grundsätzlich so lang beziehungsweise so kurz genommen, dass sich der Nasenrücken des Pferdes leicht vor oder auf einer gedachten senkrechten Linie befindet. Dabei ist der Grad der Versammlung entscheidend, den das Pferd bereits erreicht hat. Während das Pferd gelöst wird, darf es den Hals noch strecken. Dagegen bewegt sich das versammelte Pferd in einer Aufrichtung, durch

Gebiss-Probleme

Ein Pferd, das sich auf das Gebiss legt, stützt sich mit einem Teil seines Gewichtes auf dem Gebiss ab. Dadurch gibt es dem Reiter das Gefühl, er müsse das Pferd mit seinen Händen tragen.
Geht das Pferd dagegen aktiv gegen das Gebiss an und versucht dem Reiter die Zügel aus der Hand zu ziehen, so sagt man, dass das Pferd gegen den Zügel geht.

Die Zügel sind aufgenommen. Weder bei den durchhaltenden noch bei den annehmenden Zügelhilfen darf der Reiter am Zügel ziehen!

Die Mischung macht's ...

Zügelhilfen werden *nie* alleine eingesetzt! Es gibt keine Situation, in der der Reiter mit den Zügeln einwirken darf, ohne zugleich Gewichts- und Schenkelhilfen zu geben. Im Grunde ist das logisch – schließlich wirkt das Reitergewicht ja immer irgendwie auf das Pferd ein und wir haben auch schon festgestellt, dass die Schenkel ständig eingesetzt werden. Doch es ist entscheidend, dass der Reiter auch immer bewusst darauf achtet, zugleich mit den Zügelhilfen Gewicht und Schenkel einzusetzen! Denn nur so kann er diese Hilfen auch sinnvoll auf die Zügelhilfen abstimmen. Werden dagegen Zügelhilfen eingesetzt, ohne dass der Reiter sich Gedanken über Gewicht und Schenkel macht, artet das automatisch in das bereits beschriebene Ziehen aus.

die sich der Hals sozusagen „verkürzt“.
Wie sehen nun die zulässigen Zügelhilfen aus? Es gibt annehmende, nachgebende und durchhaltende Zügelhilfen, die jeweils ein- oder beidseitig eingesetzt werden können. Außerdem wird unterschieden, ob der Reiter die Zügel aufgenommen hat, mit langen Zügeln oder mit hingegebenen Zügeln reitet. Was sich hinter diesen Begriffen verbirgt, werden wir gleich sehen.

Die wichtigste Zügelhilfe ist die nachgebende, denn wer diese nicht beherrscht, kann auch die anderen Varianten der Zügelhilfen nicht richtig einsetzen! Dennoch sehen wir uns zunächst einmal die durchhaltende Zügelhilfe an. Wie der Name schon verrät, steht hier der Zügel gleichmäßig an. Der Reiter hält eine Verbindung zum Pferdemaul, die weder durch schlackernde Zügel noch durch starken Druck oder Ziehen am Zügel gestört wird. *Durchhalten ist nicht gleich Ziehen!* So wird dem Pferd eine gleichmäßige Anlehnung ermöglicht, wobei man immer darauf achten muss, dass sich das Pferd nicht auf das Gebiss legt.

Normalerweise sucht das Pferd von sich aus eine leichte Anlehnung an das Gebiss. Unter Anlehnung versteht man die ruhige und beständige Verbindung zwischen dem Pferdemaul und den Händen des Reiters. Wenn der Reiter eine leichte Anlehnung zulässt, wird das Pferd bei entsprechenden treibenden Hilfen die gewünschte Haltung annehmen. Stört der Reiter jedoch das Pferd im Maul und verhindert so eine ruhige Anlehnung, so kann sich der Vierbeiner auf unterschiedliche Arten wehren!

Bei der annehmenden Zügelhilfe wird der Zügel, wie die Bezeichnung sagt, angenommen. Dazu dreht der Reiter im Normalfall das Handgelenk etwas ein – vorausgesetzt, er reitet mit der richtigen Zügellänge. Auf diese Weise artet das Annehmen nicht in Ziehen aus ... Entscheidend für die annehmende Zügelhilfe ist jedoch, dass danach unbedingt und immer eine nachgebende Zügelhilfe folgt!

Die nachgebende Zügelhilfe gibt es in unterschiedlichen Formen. Zum einen folgt sie der annehmenden Zügelhilfe. In diesem Fall gibt der Reiter durch ein einfaches Ausdrehen des Handgelenkes nach. Anschließend folgt wieder die durchhaltende Zügelhilfe. Doch auch aus der durchhaltenden Zügelhilfe heraus kann der Reiter nachgeben. Hierzu geht kurzzeitig der ganze Unterarm aus dem Ellenbogen heraus nach vorne. Wie weit man den Arm dabei bewegt, hängt davon ab, was der Reiter beabsichtigt. Es kann durchaus einmal angebracht sein, den Arm so weit vorzustrecken, dass

Das Gebiss als Stütze?

Wenn das Pferd versucht sich auf das Gebiss zu legen, merkst du das recht schnell: Auf einmal musst du nicht mehr nur deine eigenen Hände, sondern auch noch das Gewicht des Pferdekopfes tragen. Der Druck auf die Zügel wird allmählich immer stärker, ohne dass das Pferd dabei den Kopf nach oben nimmt oder dir durch ruckartige Bewegungen die Zügel aus der Hand zieht. Daher kann das Pferd sich praktisch in diese Unart hineinmogeln. Doch wenn die Arme zu schmerzen beginnen, ist es Zeit, etwas dagegen zu tun!
Wenn das Pferd auf diese Weise Druck auf die Zügel ausübt, musst du diesen Druck wieder abbauen. Die wichtigste Maßnahme besteht darin, sofort nachzugeben (bei gleichzeitigem verstärkten Treiben). Dadurch kann das Pferd seinen Kopf nicht mehr auf dem Gebiss abstützen – denn nun fehlt dort ja der bequeme Halt. Doch richtig korrigieren kannst du diesen Fehler nur durch den verstärkten Einsatz der treibenden Hilfen. Ein Pferd, das sich vorne auf das Gebiss legt, „latscht“ mit den Hinterbeinen ohne unterzutreten. Hier sind also Gewicht und Schenkel gefragt! Genau genommen findest du im richtigen Einsatz der treibenden Hilfen eine Art Allheilmittel der Reiterei.

der Zügel richtig durchhängt. Danach wird der Zügel vorsichtig wieder aufgenommen, ohne dass es einen Ruck am Pferdemaul gibt. Doch es ist auch möglich, durch ein leichtes Vorgehen des Armes lediglich den Druck am Zügel zu vermindern, ohne dass die Verbindung zum Pferdemaul aufgegeben wird.

Was hat es nun mit den aufgenommenen, langen oder hingegebenen Zügeln auf sich?

Sind die Zügel aufgenommen, so hat der Reiter über die Zügel eine ständige Verbindung zum Pferdemaul. Dabei sind die Zügel so lang, dass das Pferd Anlehnung am Gebiss findet und in der entsprechenden Haltung geht: Das Genick ist leicht gewölbt und im Idealfall der höchste Punkt des Pferdes, die Nase befindet sich in oder leicht vor der Senkrechten. Der Sinn der aufgenommenen Zügel besteht keineswegs darin, dem Pferd den Kopf auf die Brust zu ziehen! Daher sollten sie nicht so kurz sein, dass das Pferd kaum noch einen anderen Ausweg hat als sich im Hals „zusammenzufalten“ oder gegen den Zügel zu gehen.

Dieses Pony geht am langen Zügel: Der Zügel schlackert nicht, lässt aber zu, dass das Pferd den Hals etwas streckt.

Am langen Zügel hält der Reiter ebenfalls eine leichte Verbindung zum Pferdemaul. Doch die Zügel sind jetzt so lang, dass das Pferd den Hals weiter strecken kann. Es soll sich dabei vorwärts-abwärts an das Gebiss heranstrecken.

Der hingegebene Zügel ist tatsächlich völlig hingegeben: Der Reiter hält die Zügel sehr lang, sodass keine Verbindung zum Pferdemaul mehr besteht. Diese Unterscheidung ist gerade in der Lösungsphase wichtig, mit der wir uns ab Seite 71 ausführlicher befassen.

Vor allem in zwei Bereichen werden die Zügelhilfen meist viel zu stark eingesetzt und in ihrer Bedeutung überschätzt. Zum einen ist es weit verbreitet, die Zügel als Bremse zu benutzen. Warum das so oft nicht funktioniert und wie ein Pferd tatsächlich richtig (und problemlos) angehalten wird, sehen wir im nächsten Kapitel. Die zweite Situation tritt bei jeder Runde um die Reitbahn mindestens viermal auf, nämlich bei jeder Ecke: Pferd und Reiter müssen abwenden. Viele Reiter versuchen ihr Pferd allein mit den Zügeln zu lenken. Doch auch hier gibt man die entscheidende Hilfe nicht mit den Zügeln. Natürlich kann man ein Pferd am Zügel herumziehen – aber mit Reiten hat das wenig zu tun! Zwar gibt der Zügel durchaus die Richtung an, aber das tun auch Gewichtshilfen (durch eine Gewichtsverlagerung in die gewünschte Richtung) und Schenkelhilfen! Wie in allen anderen Bereichen sind die Zügelhilfen auch hier nur *ein* Aspekt der Hilfengebung und ohne die Unterstützung durch Schenkel und Gewicht fehl am Platze. Und noch etwas:

Vor allem zu Beginn und zum Schluss jeder Reitstunde reitet man am hingegebenen Zügel.

Viel entscheidender als der Innenzügel, an dem leider viele Pferde durch Wendungen gezerrt werden, ist auch und gerade in einer Kurve der Außenzügel! Diesem Thema werden wir uns ebenfalls im nächsten Kapitel zuwenden.

Richtige Zügelhilfen

Zügelhilfen sind nur in Verbindung mit treibenden Gewichts- und Schenkelhilfen sinnvoll. Sie dienen stets der Verständigung zwischen Pferd und Reiter, aber nie dazu, das Pferd durch Krafteinwirkung auf das Gebiss zu etwas zu zwingen!

Hilfen für das Pferd

Jetzt haben wir alle traditionellen Hilfen kennen gelernt. Reiterhilfen heißen nicht so, weil irgendjemand fand, dass das einfach besser klingt als zum Beispiel Zwangs- oder Druckmittel. Die Hilfen werden so genannt, weil sie dem Pferd tatsächlich helfen uns zu verstehen! Niemand hat sich einfach willkürlich irgendwelche Signale ausgedacht, auf die das Pferd dann in der gewünschten Weise reagieren muss. Ein junges Pferd, das noch nie einen Reiter getragen hat, hat garantiert noch nicht gelernt auf irgendwelche beliebigen Signale zu reagieren. Und trotzdem versteht es den Reiter, wenn er die richtigen Hilfen gibt. Aber auch nur dann! Manche Reiter geben ihrem Pferd immer wieder die falschen Hilfen und irgendwann lernt das Pferd, was der Reiter mit diesem Signal bewirken möchte. Aber das hat mit Dressurreiten nichts zu tun. Bis das Pferd begriffen hat, dass der Reiter tatsächlich nach links abbiegen möchte, wenn sein Gewicht in genau die entgegengesetzte Richtung hängt, gibt es unnötig viel Streit. Meist wird auch noch dem Pferd die Schuld daran gegeben – obwohl es nun wirklich nichts dafür kann!
Daher hat kein Reiter das Recht zu sagen: „Ich brauche den ganzen Quatsch nicht, mein Pferd versteht mich auch so.“ Denn dieses Pferd hat garantiert Probleme gehabt dieses Verständnis zu entwickeln. Außerdem leidet es höchstwahrscheinlich auch noch unter der falschen Belastung durch die falsche Einwirkung des

Versteht dich dein Pferd?

Wenn ein Mensch und ein Pferd versuchen sich miteinander zu verständigen, stehen sich zwei völlig unterschiedliche Wesen gegenüber, die nicht die gleiche Sprache sprechen. Damit sich die beiden vernünftig miteinander unterhalten können, muss der Mensch lernen sich so auszudrücken, dass das Pferd ihn versteht. Wenn wir es uns schon herausnehmen, einem anderen Lebewesen zu sagen, was es tun soll, müssen wir das wenigstens in seiner Sprache tun. Wer sich nicht die Mühe macht diese Sprache zu lernen, hat auch kein Recht Pferde zu „gebrauchen“. Denn von Zusammenarbeit und Verständigung kann in diesem Fall wohl kaum die Rede sein.

Reiters. Es würde seinen Reiter mit Sicherheit noch viel besser verstehen, wenn er die richtigen Hilfen geben würde!

Wenn ein Pferd nicht auf deine Hilfen reagiert, solltest du daher nicht gleich auf das Tier schimpfen! Mach dir stattdessen Gedanken darüber, warum die Verständigung zwischen euch nicht funktioniert. Fast immer entdeckt man dabei, dass man selbst irgendetwas falsch gemacht hat! Also korrigiere den Fehler und versuche es noch einmal. Wenn das Pferd nicht wunschgemäß reagiert, obwohl du dir ganz, ganz sicher bist, dass du alles richtig gemacht hast, dann wiederhole die Hilfe! Bereite das Pferd entsprechend vor und stell sicher, dass es auch konzentriert bei der Sache ist. Erst wenn alle diese Maßnahmen nicht zum Erfolg geführt haben, ist es Zeit, die Hilfe eventuell etwas energischer zu geben. Du solltest aber auch nach anderen Ursachen forschen. Womöglich hat das Pferd Schmerzen oder sonstige körperlichen Probleme, die es daran hindern, auf deine Hilfen zu reagieren.

Mehr Kraft bringt nichts

Wenn dein Pferd auf eine Hilfe nicht reagiert, hat es keinen Sinn, diese Hilfe mit verstärkter Körperkraft einzusetzen. Deine erste Maßnahme sollte im Gegenteil stets darin bestehen, die Hilfe zu unterbrechen – um sie dann erneut zu geben, in der ganz normalen, angemessenen Weise! Dein Pferd soll lernen, auf feine Hilfen zu reagieren. Eine wiederholte Hilfengebung mit kurzen Unterbrechungen ist daher sehr viel sinnvoller als der Einsatz von kräftigeren Hilfen! Denn dadurch würde dein Pferd auf Dauer nur abstumpfen.

Wenn das Pferd auf die Hilfengebung wunschgemäß reagiert, ist es wichtig, es sofort dafür zu belohnen – und zwar durch die oben beschriebene nachgebende Zügelhilfe: Die Reiterhand wird „leicht“ und die Zügelverbindung zum Pferdemaul wird besonders fein. Zusätzlich kann es je nach Pferd angebracht sein, auch die Stimme zur Belohnung einzusetzen.

Wer immer die korrekten Hilfen gibt und sein Pferd entsprechend für den Gehorsam belohnt, wird ein stets freudig mitarbeitendes Pferd unter dem Sattel haben!

Einwirkung mit der Stimme

Neben den klassischen Hilfen, die dem Reiter zur Verfügung stehen, gibt es noch eine sehr wichtige Verständigungsmöglichkeit: die menschliche Stimme. Jedem Pferd ist die Stimme seines Reiters vertraut – oder sie sollte es zumindest sein! So kann man das Pferd neben der rein körperlichen Einwirkung durch Gewicht, Schenkel und Zügel auch mithilfe der Stimme aufmuntern, beruhigen oder loben. Obendrein kennen viele Pferde manche Kommandos von der Boden- oder Longenarbeit her (siehe Seite 124). Wenn der Reiter nun die körperlichen Hilfen durch das entsprechende vertraute Stimmkommando unterstützt, können damit Missverständnisse vermieden werden. Beherrscht das Pferd die Lektion dann ohne Schwierigkeiten, kann man auf den Einsatz der Stimme wieder verzichten – außer natürlich zum Loben des Pferdes!

Sonstige „Hilfsmittel“

Neben der Einwirkung durch Gewichts-, Schenkel- und Zügelhilfen sowie die Stimme setzen viele Reiter weitere Hilfsmittel ein. Hier lohnt es sich wirklich, einmal über deren Sinn und Unsinn nachzudenken. Nicht alle Hilfsmittel sind schlecht, aber auch längst nicht alle sind sinnvoll.

Als Erstes sind da die Gerte und Sporen zu nennen.

Manche Reiter verteufeln Gerte und Sporen grundsätzlich, während andere diese Ausrüstungsgegenstände rücksichtslos einsetzen. Beide Varianten sind nicht sinnvoll!

Grundsätzlich gehört die Gerte zur Ausrüstung des Reiters. Sie ist ein sinnvolles Verständigungsmittel. Allerdings sollte der Reiter so weit ausgebildet sein, dass er sie gezielt einsetzen und auch ihre Wirkung richtig einschätzen kann. Die Gerte dient nicht etwa dazu, faule Pferde anzutreiben oder ungehorsame Pferde zu bestrafen – auch wenn diese beiden Anwendungen leider weit verbreitet sind. Die Gerte kann die Hilfengebung des Reiters unterstützen, speziell die Schenkelhilfen. Reagiert ein Pferd beispielsweise nicht auf den seitwärts treibenden Schenkel, so kann ein Klaps mit der Gerte an die Hinterhand dem Pferd klarmachen, worauf der Reiter hinauswill. Dieser Klaps soll das Pferd nicht bestrafen und ihm auch nicht wehtun, sondern nur *erklären und verdeutlichen*, was der Reiter mit seiner Schenkelhilfe beabsichtigt! Aus diesem Grund gehört die Gerte immer dazu: damit dem Reiter ein zusätzliches Mittel zur Verständigung mit dem Pferd zur Verfügung steht.

Mit den Sporen verhält es sich ganz ähnlich. Auch sie gehören nicht zur Ausrüstung des Anfängers! Denn als Reitanfänger ist man noch so unruhig mit seinen Beinen, dass die Sporen ständig unkontrolliert zum Einsatz kommen würden. Für den fortgeschrittenen Reiter sind Sporen dagegen ebenfalls ein Mittel zur besseren Verständigung mit dem Pferd. Sie werden eingesetzt um die Schenkelhilfen in feineren Abstufungen geben zu können und um sie zu verdeutlichen. Allerdings sind Sporen nicht so notwendig wie die Gerte; ihr Einsatz hängt stark vom Pferd ab. Ist das Pferd gegenüber den Schenkelhilfen sehr sensibel, so kann der Einsatz von Sporen überflüssig sein. Selbstverständlich dürfen die Sporen nicht so angelegt werden, dass ihr Einsatz dem Pferd Schmerzen bereitet! Am sinnvollsten sind im Normalfall eher kurze, stumpfe Sporen. Der Reiter kann sie bewusst einsetzen, da sie nicht durch ihre Form oder Länge sowieso schon den Pferdeleib berühren. Die oft so verteufelten Rädchensporen sind übrigens keineswegs so brutal, wie viele glauben (vorausgesetzt, sie sind stumpf): Durch das Rädchen rollt der Sporn am Pferdeleib ab. So verursacht er keinen punktuellen Druck, sondern „kitzelt“ das Pferd eher. Doch wie gesagt: Stumpf müssen die Sporen sein und sie müssen unbedingt vorsichtig eingesetzt werden!

Neben Gerte und Sporen gibt es noch andere Hilfsmittel, die der Reiter zusätzlich zu seiner normalen Hilfengebung einsetzen kann. Sie haben fast immer den Zweck den Pferdekopf nach unten zu bringen und das Pferd insgesamt besser kontrollierbar zu machen. Um das zu erreichen werden entweder Hilfszügel eingesetzt oder das Pferd bekommt ein anderes Gebiss eingeschnallt.

Der beliebteste Hilfszügel ist leider immer noch das Martingal. Doch gerade in der Dressur hat dieser

Hilfszügel dürfen nur sehr überlegt und vor allem nur für eine begrenzte Zeit eingesetzt werden.

Ausrüstungsgegenstand überhaupt nichts verloren – zumal er meist auch noch viel zu kurz verschnallt wird! Ein korrekt (also lang genug) verschnalltes Martingal kann sinnvoll sein, wenn man mit einem heftigen Pferd einen anspruchsvollen Springparcours überwinden möchte. Das Martingal soll verhindern, dass sich das Pferd den Zügelhilfen entzieht, indem es den Kopf zu weit nach oben nimmt. Aber ein Martingal gehört keineswegs grundsätzlich zur Ausrüstung – im Gegenteil! Ist das Martingal richtig verschnallt, so bewirkt es bei korrekter Kopfhaltung des Pferdes zunächst einmal gar nichts und ist deshalb völlig überflüssig. Ist es nicht richtig verschnallt, so wird die Linie Ellenbogen – Hand – Pferdemaul unterbrochen, was ja eben nicht passieren soll. Dadurch wird es für den Reiter schwieriger, wirklich feinfühlig und exakt auf das Pferdemaul einzuwirken. Durch die gebrochene Linie entsteht eine Hebelwirkung, sodass die Zügelhilfen verstärkt werden. In der Dressur geht es jedoch darum, das Pferd durch treibende Hilfen leicht ans Gebiss treten zu lassen – nicht darum, es mit Krafteinwirkung auf das Gebiss zu irgendetwas zu zwingen.

Ein in den meisten Fällen ebenfalls völlig unangebrachter Hilfszügel ist der Schlaufzügel. In der Hand eines hervorragenden und sensiblen Reiters mag er manchmal nützlich sein. Doch als normaler Reiter

kann man die Kräfte, über die man mithilfe des Schlaufzügels verfügt, überhaupt nicht einschätzen. Der Einsatz dieses Hilfszügels ist also wirklich nur für Könner sinnvoll.
Auch alle anderen Hilfszügel, wie etwa Ausbinder, sind mit Vorsicht zu genießen. Ihr Einsatz kann in Absprache mit dem Reitlehrer durchaus mal sinnvoll sein, doch die Benutzung eines Hilfszügels darf auf keinen Fall zum Dauerzustand werden. Als Reiter hat man ja schließlich immer das Ziel sich ohne diesen Zwang mit seinem Pferd zu verständigen! Und dieses Ziel solltest du nie aus den Augen verlieren.
Neben den verschiedenen Hilfszügeln sollen auch die unterschiedlichsten Gebisse dem Reiter helfen sein Pferd zu kontrollieren. Heutzutage gibt es da eine große Auswahl. Doch über eines solltest du dir immer im Klaren sein: Ein Gebiss kann nicht die Ursache aller Probleme sein – und daher auch nicht die Lösung.
Viele Probleme lassen sich eher mit einer vernünftigen Ausbildung lösen als durch ein neues Gebiss! Denn ein Gebiss soll der Verständigung dienen und darf niemals als Zwangsmittel missbraucht werden. Wenn Schwierigkeiten auftauchen, sollte man grundsätzlich an der Verständigung zwischen Pferd und Reiter arbeiten statt ein schärferes Gebiss zu verwenden. Dennoch bevorzugen verschiedene Pferde auch unterschiedliche Gebisse. In der Regel ist ein genügend dickes, doppelt gebrochenes Gebiss eine gute Lösung – das empfinden die meisten Pferde als angenehm.

Es ist gar nicht so einfach, alle Hilfen richtig aufeinander abzustimmen.

Das Zusammenspiel der Hilfen

Nun weißt du also, wie man richtig im Sattel sitzt, und kennst auch die Hilfen, die dir zur Verfügung stehen um dich dem Pferd verständlich zu machen. Doch zum Reiten gehört noch mehr! Denn man muss die einzelnen Einwirkungsmöglichkeiten auch noch sinnvoll miteinander verbinden.

Um das Zusammenspiel der Gewichts-, Schenkel- und Zügelhilfen zu verdeutlichen schauen wir uns einmal zwei Beispiele an: die Parade und das Reiten eines Zirkels. Und tatsächlich lassen sich an diesen zwei scheinbar einfachen Lektionen die Grundlagen der Reitkunst darstellen!

Um dein Pferd zum Anhalten zu bringen gibst du eine ganze Parade. Paraden sind in der deutschen Reitweise sehr beliebt – und das zu Recht! Für jede Lektion gibt der Reiter Paraden, über Paraden verständigt er sich mit seinem Pferd. Was hat es nun mit diesem Wunderding Parade auf sich?

Ohne Parade geht nichts

Schon vor mehr als hundert Jahren wurde der Begriff Parade bei der Kavallerie als Oberbegriff für das Zusammenwirken der einzelnen Hilfen verwendet. So geistert diese Bezeichnung auch heute noch durch die Reitschulen – aber nur selten wird ganz genau erklärt, was eine Parade wirklich ist! So kommt es zu Deutungen dieses Begriffs, bei denen einem die Haare zu Berge stehen können ... Sehen wir uns also mal an, wie eine Parade korrekt ausgeführt wird.

Man unterscheidet grundsätzlich zwei Arten von Paraden: halbe und ganze Paraden. Diese etwas unklare, aber gebräuchliche Unterscheidung führt zu zahlreichen Missverständnissen. Viele glauben, dass eine halbe Parade nur einseitig, eine ganze Parade aber beidseitig gegeben wird, dass man also – grob gesagt – entweder an einem Zügel oder an beiden Zügeln zieht. Das ist aber falsch! Weit verbreitet ist auch die Meinung, dass man bei einer halben Parade nur halb so stark am Zügel zieht wie bei einer ganzen Parade. Da Paraden keine Zügelhilfen sind, kann dies schon gar nicht stimmen – doch gerade dieses Missverständnis hält sich besonders hartnäckig.

Bei einer Parade wirken Gewichts-, Schenkel- und Zügelhilfen zusammen – doch das tun sie zu den unterschiedlichsten Zwecken. Vor allem für halbe Paraden gibt es die verschiedensten Einsatzmöglichkeiten.

Halbe Paraden braucht man eigentlich für alles, was man mit dem Pferd so vorhat: Sie dienen zum Beispiel dazu, das Tempo innerhalb

Um eine Parade richtig geben zu können muss man das korrekte Zusammenspiel der Hilfen beherrschen. Vor allem am Anfang sollte man sich dabei unbedingt von einer fachkundigen Person anleiten lassen.

Das Tempo

Innerhalb jeder Gangart kann sich das Pferd schneller oder langsamer bewegen, es kann also das Tempo verstärken oder verkürzen. Dabei ist es wichtig, dass in jedem Fall der Takt erhalten bleibt (siehe Seite 96). Das Tempo wird nicht verstärkt oder verkürzt, indem das Pferd schnellere oder langsamere Schritte macht, sondern indem es die Schrittlänge erweitert oder verkürzt.

einer Gangart zu regulieren beziehungsweise die Gangart zu wechseln.
Halbe Paraden sind das Mittel um die Haltung und auch die Versammlung während einer Lektion zu verbessern; sie bereiten das Pferd darauf vor, dass der Reiter gleich etwas Neues von ihm verlangen wird; und sie verhindern, dass sich das Pferd den Hilfen des Reiters entzieht.
Und all das kann die halbe Parade! Nicht schlecht, was?
Dagegen wirkt die ganze Parade ziemlich langweilig und uninteressant: Sie hat lediglich den Zweck das Pferd zum Halten zu bringen.
Und das ist auch schon der ganze Unterschied zwischen halben und ganzen Paraden: Die halbe Parade wird zu den oben genannten Zwecken eingesetzt, während die ganze Parade immer dazu führt, dass das Pferd anhält. Einen anderen Unterschied gibt es nicht!
So entscheidet also lediglich das Ergebnis deiner Hilfengebung darüber, ob du eine halbe oder eine ganze Parade gegeben hast.

Die Ausführung von Paraden

Bei einer Parade (gleich, ob einer halben oder ganzen) werden alle Einwirkungsmöglichkeiten des Reiters voll ausgeschöpft. So gibt er Gewichts-, Schenkel- und Zügelhilfen – und zwar in dieser Reihenfolge. Daher ist der erste Schritt zur Ausführung jeder Parade der bewusste Einsatz der Gewichtshilfen. Zu diesem Zweck setzt sich der Reiter mit möglichst senkrechtem Oberkörper in den Sattel, während er seine Beine ab der Hüfte besonders „schwer" werden lässt und sie damit so lang wie möglich macht. Es hat überhaupt keinen Sinn, sich nach hinten zu lehnen! Dadurch wird die Gewichtseinwirkung nämlich nicht verstärkt, sondern ganz im Gegenteil abgeschwächt. Mit den beiden lang gestreckten Beinen umfasst der Reiter nun den Pferdeleib und übt dort den jeweils erforderlichen Druck aus. Es ist für eine Parade entscheidend, dass die Schenkel aktiv eingesetzt werden und nicht etwa nur am Pferd herunterbaumeln! Denn dann kann man nicht mehr von einer Parade sprechen und der gewünschte Effekt wird sich so auch kaum einstellen. „Aktiv einsetzen" heißt allerdings, dass der *Druck* im notwendigen Maße verstärkt wird – und nicht, dass man mit dem Schenkel gegen den Pferdebauch klopft oder das Pferd gar mit dem Absatz tritt. Man presst auch nicht die Ferse *in* den Pferdeleib, sondern drückt den Schenkel *an* den Bauch des Pferdes.

Auf die Gewichtseinwirkung und den Schenkeldruck reagiert das Pferd – und wird dabei von den Zügeln begrenzt. Dabei gibt der Reiter annehmende, nachgebende oder durchhaltende Zügelhilfen – je nachdem, zu welchem Zweck er die Parade einsetzt. Eine durchhaltende Zügelhilfe führt beispielsweise in Verbindung mit Gewichts- und Schenkelhilfen zu einer Verkürzung des Tempos. Ist das gewünschte Tempo erreicht, folgt sofort eine nachgebende Zügelhilfe.

Nachgeben – aber richtig!

Wenn eine halbe Parade zu dem gewünschten Ergebnis geführt hat, belohnst du dein Pferd entsprechend mit einer nachgebenden Zügelhilfe. Dabei darfst du aber keinesfalls auch mit Schenkeln und Gewicht nachgeben, also nachlassen. Die nachgebende Zügelhilfe erfüllt ihren Zweck nur dann, wenn die anderen Hilfen weiterhin aktiv eingesetzt werden. Geschieht das nicht, wird das Pferd die soeben erreichte Haltung und Versammlung sofort wieder aufgeben – und dann war die ganze Mühe umsonst!

Eine ganze Parade wird also folgendermaßen geritten: Der Reiter setzt sich zunächst einmal sehr aufrecht in den Sattel und streckt seine Beine nach unten, indem er sie „schwer" werden lässt. (Probier einfach mal aus, wie es sich anfühlt, wenn du die Beine „schwer" machst! Bestimmt werden sie sich dabei in die Länge strecken.) Nun verstärkt er

Bei der ganzen Parade treibt man das Pferd mit Gewichts- und Schenkelhilfen an die durchhaltende Zügelhilfe heran. Die Aufnahme wurde in dem Moment gemacht, in dem das Pferd zum Stehen kam: Die nachgebende Zügelhilfe ist noch nicht erfolgt.

den Schenkeldruck. Eigentlich würde das Pferd jetzt wohl eher das Tempo verstärken anstatt anzuhalten – doch da ist ja noch die durchhaltende Zügelhilfe, die eben dies verhindert. So wird das Pferd gleichsam von hinten an das Gebiss herangeschoben. Wird es nun immer noch durch Gewicht und Schenkel getrieben, während die Zügel weiterhin durchgehalten werden, so kann es nur noch durch Anhalten reagieren! Es kommt zum Stehen – und zwar gleichmäßig auf allen vier Beinen. Nun folgt eine leicht nachgebende Zügelhilfe, die dem Pferd zeigt, dass es richtig reagiert hat. Die Schenkel des Reiters liegen weiterhin aktiv am Pferdeleib an und er sitzt weiterhin aufrecht und schwer im Sattel.

Fällt dir etwas auf? In dieser Anleitung kommt es überhaupt nicht vor, dass die Zügel aktiv angenommen werden! Im Gegenteil – sie werden lediglich durchgehalten, also weder verkürzt noch verlängert. Durch das vermehrte Treiben wird das Pferd nämlich sowieso schon verstärkt an das Gebiss herangetrieben. Da ist es gar nicht nötig, auch noch zusätzlich am Zügel zu ziehen!

Wie kommt es dann, dass ein Großteil unserer Pferde in Wirklichkeit trotzdem durch bloßes Ziehen am Zügel angehalten wird? Dafür gibt es mehrere Gründe – doch sie alle haben ihren Ursprung in der mangelnden Ausbildung der Reiter. In welcher Reitschule werden denn schon die Schüler korrigiert, wenn sie zum Anhalten lediglich am Zügel ziehen? Und eben durch diese Nachlässigkeit sind die Schulpferde meist schon so abgestumpft, dass sie auch tatsächlich darauf reagieren. Dadurch kommt auch keine Rückmeldung vom Pferd zum Reiter, dass das eigentlich nicht in Ordnung ist, was er da tut – und schon ist das Ziehen zur Gewohnheit geworden. Es ist ja auch viel bequemer, einfach am Zügel zu ziehen statt den ganzen Körper einzusetzen!

Wozu also die ganze Mühe? Zum einen bedeutet Reiten eben nicht, sich auf dem bequemsten Weg durchzumogeln. Als Reiter ist man es seinem Pferd schuldig, sich vernünftig mit ihm zu verständigen – und das Ziehen am Zügel ist mit Sicherheit keine vernünftige Verständigung. Denn dadurch werden dem Pferd unnötige Schmerzen zugefügt.

Zum anderen sollte der Reiter sein Pferd auch aus ganz praktischen, eigennützigen Erwägungen korrekt reiten und anhalten. Wer schon einmal auf einem Pferd saß, das im wilden Galopp einen Waldweg entlangpreschte ohne im Geringsten auf das Ziehen am Zügel zu reagieren, weiß bestimmt schon, worauf ich hinauswill: Es ist einfach nicht sicher, sich auf den Zug am Zügel zu verlassen. Denn ein Pferd, das daraufhin anhält, tut dies auch aus Gutmütigkeit und Gefälligkeit! Es kann genauso gut auch anders reagieren.

Druck erzeugt bekanntlich Gegendruck. Übt man nun Druck auf das Pferdemaul aus ohne ihn entsprechend durch treibende Hilfen von hinten aufzufangen, so kann das Pferd auch einfach den Rücken festmachen, sich im Hals versteifen und aus Protest loslaufen. Wer versucht ein solches Pferd durch Krafteinwirkung am Zügel anzuhalten, der wird sich wundern! Bei einem Kräftemessen wird das Pferd mit nahezu hundertprozentiger Gewissheit die Oberhand behalten.

Wird das Pferd dagegen von hinten an das Gebiss herangetrieben, so tritt es automatisch mit den Hinterbeinen vermehrt unter seinen Schwerpunkt, sodass die Vorhand leichter wird und sich aufrichtet. Und die leichtere Vorhand führt zu einem verminderten Druck auf dem Zügel. Das ganze Pferd wird „kürzer“ und verkürzt somit automatisch auch das Tempo. Auf diese Weise kann man es vermeiden, dass das Pferd sich versteift und gegen das Gebiss geht. Es hat so auch gar keinen Grund dazu, da der Reiter ja nicht am Zügel zieht.

So liegt es also nicht nur im Interesse des Pferdes, sondern auch im Interesse des Reiters eine ganze Parade wirklich korrekt auszuführen. Was natürlich bedeutet, dass auch die halben Paraden bedachtsam und vorschriftsmäßig geritten werden! Und die kommen ja bekanntermaßen ständig und bei sämtlichen Lektionen zum Einsatz – so zum Beispiel auch auf gebogenen Linien.

Reiten auf dem Zirkel

Es scheint so einfach: Reite doch mal einen Kreis. Da das Pferd eh immer die Ecken der Reitbahn abkürzt, ist die runde Linie an der kurzen Seite meist schon vorgegeben und dann muss man ja nur noch irgendwie abwenden ...

Leider ist es nicht so einfach: Auf diese Weise werden wunderschöne Eier geritten, aber kaum je ein Kreis. Und ein Zirkel soll nun einmal kreisrund sein! Doch es ist kein Wunder, dass so selten ein richtig runder Zirkel geritten wird. Denn er verlangt Reiter und Pferd schon einiges ab.

Eilige Pferde

Es kann immer mal vorkommen, dass dein Pferd sich nicht bremsen lässt und dir sozusagen „unter dem Hintern wegläuft“, sodass du gar nicht mehr richtig die Kontrolle hast. Der erste Reflex besteht dann meist darin, dass man die Zügel kürzer nehmen möchte. Doch inzwischen weißt du, dass dir das in der Regel gar nichts nützen wird! Im Gegenteil – je schneller beziehungsweise eiliger ein Pferd sich bewegt, desto mehr musst du es treiben um es wieder unter Kontrolle zu bekommen. Klingt merkwürdig – stimmt aber! Auch hier solltest du dir einfach mal ein Herz fassen und es ausprobieren. Durch das verstärkte Treiben des Pferdes verhinderst du, dass es sich den verhaltenden Zügelhilfen entzieht. Du treibst es von hinten an den Zügel heran und stellst das Pferd damit an die Hilfen. Und ein Pferd, das an den Hilfen steht, lässt sich auch im Tempo problemlos regulieren. Also: Kontrolle über ein Pferd erhältst du nur durch den Einsatz von Gewicht und Schenkeln – niemals nur durch die Zügel! Gerade Pferde, die es eilig haben, müssen getrieben werden.

Um sich wirklich auf einer Kreislinie bewegen zu können muss sich das Pferd entsprechend dieser Linie biegen. Nur dann gehen sowohl die Vorderbeine als auch die Hinterbeine auf der Kreislinie. Ein ungebogenes Pferd wird immer entweder vorne oder hinten die Kreislinie verlassen und somit insgesamt eben keinen runden Zirkel zu Stande bringen. Solange sich das Pferd nicht biegt, kannst du es mit einem Lineal vergleichen. Das kriegst du auch nicht in ganzer Länge auf eine Kreislinie eingestellt: Wenn das vordere Ende auf der Kreislinie liegt, zeigt das hintere Ende aus dem Kreis heraus oder in den Kreis hinein. Und wenn das Lineal hinten auf der Kreislinie liegt, weicht das vordere Ende von dieser Linie ab. Genauso verhält es sich mit dem ungebogenen Pferd auf der Zirkellinie. Bewegt sich das Pferd dagegen gebogen und auf die Zirkellinie eingestellt, kann man das eher mit einer biegsamen Gerte vergleichen. Durch Einwirkung von außen lässt sie sich so biegen, dass man sie in Übereinstimmung mit einer Kreislinie bringen kann.

Natürlich darf dieser Kreis nicht zu klein werden – doch das gilt genauso für das Pferd! Je biegsamer die Gerte ist, desto kleiner ist der kleinstmögliche Kreis – und je besser ein Pferd gymnastiziert und ausgebildet ist, desto kleinere

Die richtige Stellung ist sehr wichtig: Das Pferd soll so weit nach innen gestellt werden, dass der Reiter das innere Auge schimmern sieht.

Wendungen kann man ihm abverlangen. Aus diesem Grund werden engere Wendungen auch erst in den Prüfungen der höheren Dressurklassen gefordert.

Wie wird das Pferd nun dazu gebracht, sich auf die Kreislinie einzustellen? Klar: mithilfe von halben Paraden. Doch diese Aussage reicht hier nicht ganz aus. Beim Reiten von gebogenen Linien muss man einige Dinge besonders beachten, die das Zusammenspiel der reiterlichen Hilfen betreffen.
Grundsätzlich unterscheidet man auf gebogenen Linien die Stellung und die Biegung des Pferdes. Bei der Stellung ist das Pferd nur im Hals beziehungsweise im Genick in eine Richtung abgestellt. Bei der Biegung wird es dagegen mit dem ganzen Körper gebogen.

Die Stellung lässt sich durch entsprechende Zügelhilfen erreichen – ausnahmsweise mal eine Sache, bei der die Zügelhilfen tatsächlich entscheidend sind: Der Innenzügel wird verstärkt angenommen, der Außenzügel geht so weit vor, dass er die gewünschte Stellung zulässt. Das heißt allerdings nicht, dass der Außenzügel einfach herumschlackert und das Pferd nur am Innenzügel in die Stellung gezogen wird! Es ist sehr wichtig, mit dem Außenzügel immer Kontakt zum Pferdemaul zu haben. Grundsätzlich soll das Pferd so weit nach innen gestellt werden, dass der Reiter den inneren Nüsternbogen und das innere Auge schimmern sehen kann. Das kannst du von oben jederzeit sehr schön überprüfen!

Doch mit der Stellung alleine ist es noch nicht getan. Wenn das Pferd nach innen gestellt ist, kann es deswegen noch lange keinen Kreis gehen. Nachdem das Pferd in die gewünschte Richtung gestellt wurde, muss es nun auch gebogen werden.
Das bereits nach innen gestellte Pferd wird um den Innenschenkel gebogen. Die erste Hilfe ist also schon einmal klar: Der Reiter setzt den Innenschenkel am Gurt mit vermehrtem Druck ein. Dabei verlagert er auch sein Gewicht deutlich nach innen, indem er das innere Bein bei aufrechtem Oberkörper besonders lang macht. Dieses „lange“ Bein

kann nun auch besonders gut eingesetzt werden. Dadurch wird das Pferd daran gehindert, sich steif zu machen und mit der Vorhand in den Kreis hineinzudrängen. Dennoch kann sich das Pferd dieser Hilfe entziehen: Entweder verlässt es mit der Hinterhand die Zirkellinie, sodass es quasi mit dem „Heck" schleudert wie ein Auto in einer zu schnell gefahrenen Kurve. Oder es drängt mit der Schulter nach außen – dann kann es schnell passieren, dass es den Zirkel ganz verlässt. Nun versuchen viele Reiter dieses Ausbrechen nach außen zu verhindern, indem sie den Innenzügel immer stärker annehmen und das Pferd nach innen ziehen. Doch das funktioniert nicht! Pferde können im Halsbereich erstaunlich gelenkig sein: Da schaut einem das gute Tier schon fast direkt in die Augen, so weit ist der Kopf herumgebogen – und trotzdem denkt es gar nicht daran, die Richtung zu wechseln, sondern driftet immer weiter ab ...

Erinnere dich an das Beispiel mit der Gerte: Die äußeren Hilfen begrenzen das Pferd. Erst durch das Zusammenwirken von Innen- und Außenschenkel kann das Pferd gebogen werden. So liegt der äußere Schenkel auf dem Zirkel verwahrend hinter dem Gurt. Dort passt er auf, dass die Hinterhand nicht abdriftet, sondern ebenfalls auf der Zirkellinie bleibt. Der Innenschenkel treibt das Pferd nach außen auf die Zirkellinie hinaus – der Außenschenkel fängt es auf und achtet auf die Linie der Hinterhand. Der Innenzügel gibt die Innenstellung vor – der Außenzügel passt auf, dass das Pferd nicht über die Schulter nach außen drängt. *Ohne korrekte äußere Hilfen kann kein Zirkel geritten werden!*

Richtig biegen

Denk noch einmal an das Beispiel mit der Gerte. Angenommen, du klemmst sie dir zwischen die Beine und hältst sie dort waagerecht fest: Was musst du tun um sie zu biegen? Der Innenschenkel, um den die Gerte/das Pferd gebogen wird, liegt an und drückt. Doch wenn der Außenschenkel, also das äußere Bein, an genau der gleichen Stelle gegenüber anliegt, wird die Gerte sich kein bisschen biegen, sondern völlig gerade bleiben. Jetzt nimm einmal den Außenschenkel weiter zurück – und schon klappt es, die Gerte biegt sich!

Dennoch kann es auch vorkommen, dass das Pferd sich der Biegung entzieht, indem es einfach nach innen driftet und so den Zirkel beständig verkleinert. Das ist gerade bei Pferden, die sich noch nicht im Gleichgewicht befinden, nicht selten der Fall. Hier hilft es kein bisschen, das Pferd mit dem Außenzügel nach außen zu ziehen! Im Gegenteil, eine deutliche Innenstellung ist der erste Schritt zur Korrektur dieses Fehlers. Der energische Einsatz des Innenschenkels und eine deutliche Gewichtsverlagerung nach innen drängen das Pferd wieder nach außen auf die Zirkellinie.

Je feiner nun die Verständigung zwischen Pferd und Reiter abläuft und je besser beide ausgebildet sind, desto entscheidender werden die äußeren Hilfen. Die Biegung auf der Kreislinie erreicht man durch die wechselnde Einwirkung von inneren und äußeren Hilfen: Die inneren Hilfen schieben das Pferd nach außen und die äußeren Hilfen begrenzen das Pferd auf der Außenseite.

Da der Außenschenkel weiter hinten liegt als der Innenschenkel, muss der Reiter die Beine deutlich auseinander nehmen. Denn der Schenkel wird nicht nur ab dem Knie nach hinten gestreckt, sondern von der

Der Außenschenkel

Viele Reiter glauben, dass der Außenschenkel umso deutlicher einwirkt, je weiter sie ihn nach hinten legen. Das ist ein großer Irrtum! Durch das übertriebene Zurücknehmen des Außenschenkels verändert sich der ganze Sitz des Reiters: Man kann dann kaum noch im Gleichgewicht mit der Bewegung des Pferdes sein. Die Einwirkung des Reiters auf sein Pferd wird durch den weit zurückgenommenen Schenkel also eher behindert als gefördert. Reagiert das Pferd nicht auf den Außenschenkel, so kann die Lösung nicht darin bestehen, diesen immer weiter nach hinten zu bewegen, bis er schließlich womöglich die Flanke des Pferdes berührt.
In diesem Fall muss man das Pferd stattdessen so trainieren, dass es grundsätzlich sensibler auf die Schenkelhilfen reagiert. Zum einen erreicht man das durch einfache wiederholte Hilfengebung. Zum anderen kann in einzelnen Fällen der vorsichtige Einsatz der Gerte dem Reiter helfen sich dem Pferd verständlich zu machen. Aber denk immer daran: Die Gerte straft nicht – sie erklärt nur die Hilfen des Reiters, auf die das Pferd nicht reagiert hat.

Richtig auf dem Zirkel zu reiten ist ganz schön schwierig. Der Reiter muss gut ausbalanciert sein und dem Pferd genaue Hilfen geben.

Hüfte an weiter nach hinten gelegt.

Außerdem muss der Reiter darauf achten, wie er den Oberkörper hält. Aufrecht, das ist klar – doch auf gebogenen Linien wie dem Zirkel gibt es noch mehr zu bedenken. Wir haben schon gesehen, dass der Reiter die Beine deutlich auseinander nimmt. Dadurch, dass das äußere Bein weiter hinten liegt als das innere, ist die innere Hüfte des Reiters weiter vorgeschoben als die äußere. Dabei bleibt die Hauptlast stets auf dem inneren Gesäßknochen. Würde der Reiter nun den Oberkörper einfach unbewegt lassen, so befände sich auch die äußere Schulter weiter hinten als die innere. Doch das darf nicht sein, da die äußere Hand ja eher etwas weiter nach vorne gehen muss als die innere Hand um die Innenstellung des Pferdes zu ermöglichen.
Daher nimmt der Reiter ganz bewusst die äußere Schulter nach vorne. So dreht er sich im Oberkörper ein wenig und stellt diesen dadurch auf die Bewegungsrichtung ein. Klar – warum soll sich nur das Pferd biegen, wenn es gilt, eine Kreislinie zu beschreiben? Da bist auch du als Reiter gefordert!

Schaut man sich nun Reiter und Pferd in der Biegung etwas genauer an, stellt man Folgendes fest: Die Hüften von Reiter und Pferd zeigen in die gleiche Richtung – und die Schultern der beiden stehen ebenfalls parallel zueinander. Das ist auch ganz logisch! Denn schließlich ist der Oberkörper des Reiters mit den Armen und Händen in erster Linie dafür zuständig, die Vorhand des Pferdes zu beeinflussen: Der äußere Zügel begrenzt die Schulter des Pferdes, der innere Zügel gibt die Stellung vor. Die Hüfte des Reiters mit den Beinen hat dagegen vor allem die Aufgabe die Hinterhand des Pferdes auf der Kreislinie zu halten.

So ein Zirkel hat es ganz schön in sich, was? Dabei ist das ja noch eine recht einfache Übung – andere gebogene Linien sind noch wesentlich enger und stellen daher erheblich größere Ansprüche an Pferd und Reiter ...

Allerdings ist das alles am Anfang ziemlich viel auf einmal. Doch wenn du immer wieder versuchst alles zu beachten und einen wirklich korrekten, kreisrunden Zirkel zu reiten, werden die Bewegungen der verschiedenen Körperteile mit der Zeit völlig selbstverständlich. Dann wirst du immer mehr dazu übergehen, auf die Zusammenarbeit mit dem Pferd zu achten statt dich nur auf deinen Sitz und die Hilfengebung zu konzentrieren. Neue Bewegungen zu lernen ist schwierig und dauert meist seine Zeit – nicht nur beim Reiten. Doch wenn du durchhältst und lernst deinen Körper richtig einzusetzen, dann hast du diese Lektion auch wirklich intus und wirst in Zukunft kaum noch Schwierigkeiten damit haben!

Die Zügellänge

Achte immer darauf, dass beide Zügel ungefähr die gleiche Länge haben. Natürlich kann man die äußere Schulter zurücknehmen statt nach vorne und trotzdem die Innenstellung beibehalten, wenn man den Außenzügel einfach viel länger lässt als den Innenzügel. Aber vernünftig einwirken kann man so nicht! Mit gleich langen Zügeln wird es dagegen beinahe automatisch notwendig, die Schulter in die Kreisbewegung einzubeziehen. Und schon hast du nicht nur die korrekte Einwirkung, sondern sitzt auch wieder etwas besser auf dem Pferd!

Das Erarbeiten von Lektionen

Der Aufbau einer Reitstunde

Wer mit seinem Pferd oder seinem Pflegepferd etwas erarbeiten möchte, tut gut daran, sich einen kompetenten Reitlehrer zu suchen. Aber wer kann sich schon jeden Tag eine Reitstunde leisten? Also bietet es sich an, auch alleine zu trainieren – vorausgesetzt, man beherrscht das Zusammenspiel der Hilfen bereits weitgehend.

Doch das Training alleine kann schnell langweilig und unbefriedigend werden. Du solltest dir genau überlegen, wie du deine Trainingseinheiten aufbauen möchtest. Denn sonst kann es dir leicht passieren, dass du einfach nur eine Stunde lang in der Bahn herumreitest und dabei gar nichts erreichst – außer dass das Ganze weder dir noch deinem Pferd Spaß macht. Wenn deine selbstständigen Übungsstunden so aussehen, solltest du lieber einen schönen Ausritt unternehmen, der dir und deinem Pferd Freude bereitet!

Doch es kann auch sehr interessant sein, selbstständig mit seinem Pferd eine Lektion zu erarbeiten. Wenn man das geschafft hat und einen Schritt weitergekommen ist, hat man ein echtes Erfolgserlebnis! Und diese Erfolgserlebnisse tragen schließlich dazu bei, die Freude am Reitsport zu erhalten – und zwar nicht nur für den Reiter. Auch den Pferden macht die Arbeit mehr Spaß, wenn sie etwas Neues lernen und wenn ihr Reiter mit ihnen zufrieden ist. Deshalb solltest du mit Lob nie sparen, wenn etwas gut geklappt hat.

Damit du auf dem Weg zu diesen Erfolgserlebnissen nicht den Faden verlierst, findest du hier einen kleinen Wegweiser für den Aufbau einer Trainingseinheit.

1. Der Reitlehrer

Wie – der Reitlehrer? Hier geht es doch um selbststän-

Ein guter Reitlehrer erklärt zu Beginn des Unterrichts, wie er die Reitstunde aufbauen möchte und welches Ziel er erreichen will.

diges Training! Allerdings. Aber niemand kann völlig ohne Anleitung weiterkommen und Neues erlernen. Bei allem Selbstvertrauen: Achte darauf deine Leistungen regelmäßig durch einen Reitlehrer kontrollieren zu lassen, damit du dir nicht etwas Falsches angewöhnst, was du nachher nur schwer wieder loswirst.

Gänzlich neue Lektionen und Aufgaben sollten immer im Beisein des Reitlehrers in Angriff genommen werden. So kann er direkt die korrekten Anweisungen geben und die Ausführung der Lektion entsprechend kontrollieren. Der Reitlehrer ist auch in der Lage zu erkennen, ob Pferd und Reiter dieser Aufgabe schon gewachsen sind oder ob dafür noch die Grundlagen verbessert werden müssen. Falscher Ehrgeiz kann hier viel kaputtmachen, was man womöglich mühsam erarbeitet hat. Probiere daher nicht heimlich etwas aus, was dein Reitlehrer dir noch nicht zutraut! Wenn du das Gefühl hast, dass er dich falsch einschätzt, dann sprich darüber – vielleicht kann er dich ja von seiner Meinung überzeugen? Wenn auch das nichts nützt, musst du dir vielleicht einen anderen Lehrer suchen. Doch ohne Reitlehrer geht es nicht!

Der Reitunterricht sollte normalerweise einmal wöchentlich stattfinden. In dieser Reitstunde erarbeitest du unter Anleitung deines Reitlehrers die Lektionen. Dabei solltest du nach Möglichkeit nicht nur in der Abteilung reiten, sondern auch Einzelunterricht nehmen. Achte darauf, wie der Reitlehrer dich und dein Pferd auf einzelne Lektionen vorbereitet! Hier kannst du viel darüber lernen, wie man die Arbeit sinnvoll aufbaut. Wenn du einen wirklich guten Reitlehrer hast, wird er auf jedes einzelne Reiter-Pferd-Paar individuell eingehen. Auch daraus kann man viel lernen, denn jedes Pferd und jeder Reiter ist anders. Neben den Abläufen, die für alle grundsätzlich gleich sind, braucht jedes Lebewesen eine ganz persönliche Behandlung. Daher ist das Abteilungsreiten auch nur begrenzt für Fortgeschrittene geeignet. Nicht alles, was dein Reitlehrer vielleicht deiner Freundin rät, muss auch für dich und dein Pferd richtig sein. Also: Ohren aufgesperrt und mitgedacht! (Das kann man übrigens auch und besonders gut dann tun, wenn man selbst gerade gar nicht reitet – als Zuschauer lernt man sehr gut.)

2. Die Tagesform

O ja – die Tagesform ist sehr wichtig, geradezu entscheidend. Du kommst nach Hause, hattest Stress in der Schule, womöglich Streit mit einer Freundin und willst jetzt wenigstens mit deinem Pferd noch etwas schaffen. Schön, wenn es klappt! Aber meistens ist das eben nicht der Fall. Wer Probleme mit sich herumschleppt, Aggressionen abbauen muss oder sich aus anderen Gründen nicht auf die Arbeit mit dem Pferd konzentrieren kann, sollte auf das Training verzichten. Stattdessen kannst du an solchen Tagen vielleicht einen netten, stressfreien Ausritt machen um wieder auf andere Gedanken zu kommen.

Sonst ist die Gefahr viel zu groß, dass man sein Pferd ungerecht behandelt, wenn irgendeine Kleinigkeit nicht klappt! Und mit der gereizten Stimmung, die man an solchen Tagen schon mitbringt, funktioniert meistens von vornherein nicht viel. In solchen Momenten kann man viel kaputtmachen, indem man sein Pferd überfordert oder einfach zu ungeduldig ist.

Manche Menschen können beim Pferd allerdings alle Alltagsprobleme hinter sich lassen und sich wirklich voll und ganz aufs Reiten konzentrieren. Wenn du dazugehörst – herzlichen Glückwunsch! Dann bist du ein Mensch, der vielleicht gerade an solchen Tagen die Arbeit mit dem Pferd braucht. Beobachte dich selbst aber auf jeden Fall sehr genau! Schließlich ist ein Pferd ein lebendes Wesen, das du nicht benutzen darfst um deine Aggressionen loszuwerden.

Doch natürlich gibt es auch Tage, an denen du eigentlich total gut drauf bist – und trotzdem klappt es einfach nicht richtig. Gestern ging alles noch ganz prima, aber heute ist der Wurm drin. Keine Panik! Jeder von uns hat Tage, an denen es einfach nicht gut läuft. Natürlich darf man das nicht als Ausrede benutzen um sofort aufzugeben, wenn mal etwas nicht auf Anhieb klappt. Doch mit Gewalt kommt man eben auch nicht weiter! Du musst selbst entscheiden, ob es dir an Übung mangelt oder ob deine Tagesform heute einfach keine Höchstleistungen zulässt (oder ob beides der Fall ist). Mit kleinen Rückschlägen muss übrigens jeder Reiter rechnen – da geht es auch den ganz großen nicht anders.

So viel zu deiner Tagesform. Und wie sieht es mit der Tagesform deines vierbeinigen Partners aus? Auch Pferde haben mal einen schlechten Tag, an dem sie mit dem falschen Huf zuerst aufgestanden sind! Leider können Pferde uns das nicht so klar mitteilen, wie man sich das manchmal wünschen würde. Da gibt man immer die richtigen Hilfen, aber das Pferd schaltet einfach auf stur ... Wäre es da nicht praktisch, wenn es sagen könnte: „Jetzt lass mich heute mal in Ruhe! Morgen mache ich gerne wieder mit, aber

heute Nacht habe ich schlecht geschlafen und das Frühstück liegt mir noch so schwer im Magen."
Natürlich ist es auch denkbar, dass es sagen würde: „Ist ja lächerlich, was du da von mir willst – von dir lass ich mir gar nichts sagen, das wollen wir mal sehen!" Das sind die beiden Situationen, die du als Reiter erkennen und unterscheiden lernen musst. Im ersten Fall solltest du deinem Pferd diesen miesen Tag einfach mal zugestehen und akzeptieren, dass es heute eben nicht so geht, wie du dir das gedacht hast. Im zweiten Fall müsstest du vielleicht mal grundsätzlich dafür sorgen, dass dein Pferd dich wirklich ernst nimmt.
Diese Unterscheidung ist gar nicht so leicht zu treffen. Hierfür brauchst du viel Einfühlungsvermögen und „Pferdeverstand". Allerdings ist der zweite Fall, nämlich dass dein Pferd einfach ungehorsam ist, sehr viel wahrscheinlicher, wenn das Ganze zum Dauerzustand wird. Doch ehe du dein Pferd womöglich strafst, weil es einen schlechten Tag hat, erinnere dich an deine schlechten Tage! Das heißt nicht, dass du deinem Pferd an so einem Tag alles durchgehen lassen sollst. Aber vielleicht gibst du dich einfach mal mit etwas weniger zufrieden und gönnst ihm lieber noch eine Extrastunde auf der Weide.

Abgesehen von dieser psychischen Tagesform deines Pferdes spielt auch die körperliche Verfassung oft eine große Rolle. Wenn du dein Pferd körperlich überforderst, kann es deine Anforderungen nicht erfüllen. Vielleicht hat dein Pferd Muskelkater, weil ihr am Wochenende einen fünfstündigen Ausritt hingelegt habt? Auch solche Dinge solltest du in deine Überlegungen mit einbe-

Abwechslung muss sein!

Wenn du in deinem Trainingsprogramm für viel Abwechslung sorgst, wirst du sicher nur selten „schlechte Tage" erleben. Denn Langeweile ist die erste Ursache für die Unlust deines Pferdes! Also versteife dich nicht darauf, jeden Tag die gleichen Lektionen zu trainieren, sondern teile dir die Tage ein: Du kannst ausreiten, Bodenarbeit machen, Dressur reiten, mit Bodenstangen trainieren ... Und wenn du deine Fantasie ein bisschen anstrengst, fällt dir sicher noch mehr ein!

ziehen. Auf diese Weise beugst du Missverständnissen vor und kannst vieles ausschließen, was dich an einer erfolgreichen Zusammenarbeit mit deinem Pferd hindern könnte.

3. Die Zielsetzung

Ehe du überhaupt aufsteigst, solltest du dir darüber im Klaren sein, welches Ziel du erreichen möchtest. Wenn du das nicht genau weißt, kannst du schließlich auch nicht systematisch trainieren – dann übst du vielleicht ein bisschen dieses und ein bisschen jenes und am Ende der Stunde hast du nicht viel zu Wege gebracht.

Bevor es losgeht, solltest du bereits einen „Stundenplan" im Kopf haben. Was möchtest du erreichen – und wie willst du vorgehen?

Das erste Ziel ist von vornherein festgelegt und immer das Gleiche: Du solltest dein Pferd so reiten, dass es gelöst und zufrieden geht und gut an den Hilfen steht. Dies ist das grundsätzliche Ziel der dressurmäßigen Arbeit. Aus dieser Tatsache ziehen manche Reiter seltsame Schlussfolgerungen: Ehe sie beginnen Lektionen zu reiten, versuchen sie erst ihr Pferd „an den Zügel zu reiten". Darin liegt natürlich ein Widerspruch, denn gerade die Arbeit in den verschiedenen Lektionen soll ja dazu dienen, das Pferd an die Hilfen zu stellen! Wer von seinem Pferd verlangt, dass es richtig am Zügel geht, ehe die eigentliche Arbeit beginnt, braucht im Grunde gar nicht mehr zu reiten. Denn er hat das Ergebnis des dressurmäßigen Trainings ja schon vorweggenommen! Nur dass das leider meistens nicht funktioniert, denn es gehört eben doch etwas Arbeit dazu, ein Pferd korrekt zu reiten ...

Wenn man sich das Ziel setzt, das Pferd „an den Zügel zu stellen“, macht man leicht Fehler: Viele Reiter konzentrieren sich auf Pferdekopf und -hals und vergessen dabei, dass das Pferd vor allem seine Hinterhand aktiv einsetzen soll.

„An den Zügel“ und „an die Hilfen“ stellen

Immer wieder ist die Rede davon, man solle sein Pferd „an den Zügel stellen“ oder „an den Zügel reiten“. Das sind ziemlich missverständliche Formulierungen – schließlich ist der Zügel eben nicht das Wichtigste und auch mit der gewünschten Hals- und Kopfhaltung allein ist es noch lange nicht getan! Die Formulierung „ein Pferd an die Hilfen stellen“ trifft besser das, was eigentlich gemeint ist: Ein Pferd, das an den Hilfen steht, achtet gehorsam auf den Reiter, nimmt die reiterlichen Einwirkungen willig an und reagiert prompt darauf. Dadurch bewegt es sich in der gewünschten Haltung. Hierbei kommt es nicht nur auf die Kopf- und Halspartie an, sondern auch darauf, dass das Pferd seine Hinterhand aktiv einsetzt und unter den Schwerpunkt tritt – dann stellt sich die gewünschte Haltung meist ganz von selbst ein.

Viele Lektionen, die du in der Reitstunde kennen gelernt hast, dienen gerade dem Zweck das Pferd zu lösen, zu entspannen und es an die Hilfen zu stellen. Wenn das erreicht ist, kannst du dich dann anderen Übungen mit höheren Anforderungen zuwenden. Diese einleitenden Übungen nennen wir lösende Lektionen. Später werden wir sehr viel mehr darüber erfahren (siehe Seite 71).

Dieses erste Ziel kannst du also nicht erreichen, *bevor* du dich mit deinem Pferd an die Arbeit machst. Du kannst nur *während* der Trainingseinheit in den verschiedenen Lektionen darauf hinarbeiten. Wenn sich dein Pferd nicht ent-, sondern verspannt, wenn es nicht an den Hilfen steht, sondern sich gegen dich wehrt, dann läuft irgendetwas falsch!

Das andere Ziel der Reitstunde setzt du dir in einer selbstständigen Trainingseinheit selbst. Natürlich kannst du dir hier nicht völlig beliebig irgendwas vorstellen, sondern musst dir gut überlegen, was du erreichen möchtest. Gab es vielleicht in der letzten Reitstunde mit deinem Reitlehrer bestimmte Dinge, die nicht so gut geklappt haben? Manche Lektionen habt ihr vielleicht früher sehr gut beherrscht, aber in letzter Zeit seid ihr etwas schlampig geworden. Solche Dinge kannst du auch alleine zu beheben versuchen. Aber nie vergessen: Lass immer wieder deinen Reitlehrer kontrollieren, ob du dich noch auf dem richtigen Weg befindest!

Beispiele für ein solches Ziel gibt es viele. So galoppieren viele Pferde nicht gerne rechts (oder auch links) an – das kann man üben. Oder das Pferd mogelt beim Schenkelweichen immer und tritt nicht richtig über – auch das kann man üben! Vielleicht nimmt das Pferd beim Übergang von einer Gangart in die andere immer den Kopf hoch und/oder zieht dich aus dem Sattel? Das kann man ebenfalls üben! Das Angaloppieren aus dem Schritt, die ganze Parade – viele Dinge können das Ziel einer Trainingseinheit sein. Wobei das natürlich nicht heißen muss, dass du alles bereits in einer Stunde erreichen musst – manche

Dinge brauchen ihre Zeit und viel Übung.

Übrigens kannst du dir für eine Stunde durchaus mehrere Dinge vornehmen: Es kann auch ein Ziel sein, den allgemeinen Gehorsam und die Durchlässigkeit zu verbessern, indem man verschiedene Lektionen übt. Dies ist sogar das häufigste Ziel einer Trainingsstunde, wenn man keine speziellen Probleme mit einzelnen Lektionen hat oder gerade etwas Neues übt.

Mogeln gilt nicht ...

Selbst wenn alles wie am Schnürchen läuft und du zur Zeit keine Probleme mit deinem Pferd hast, ist es gut, sich immer wieder auf einzelne Lektionen zu konzentrieren. Wenn man glaubt, dass man alles beherrscht, wird man leicht nachlässig und bequem und lässt sich und dem Pferd einiges durchgehen. Sehr häufig schleichen sich dann kleine Fehler und Mogeleien ein, die dir vielleicht erst dann auffallen, wenn ernsthafte Probleme entstanden sind! Durch die Konzentration auf immer neue einzelne Übungen kannst du das verhindern.

4. Vorbereitung und Ausführung

So, jetzt bist du so weit: Du weißt, was du erreichen willst, und reitest los. Jetzt kommt es darauf an, dich und dein Pferd so vorzubereiten, dass ihr dieses Ziel auch erreichen könnt. Am Anfang jeder Reitstunde lässt du dein Pferd erst einmal am hingegebenen Zügel Schritt gehen: So werden die Muskeln und Sehnen warm, sodass sich die Verletzungsgefahr verringert, und ihr beginnt die Stunde entspannt und friedlich. Darauf folgt die Lösungsphase, der wir uns ab Seite 71 noch ausführlicher widmen werden. Sie hat den Zweck, dass dein Pferd zufrieden und entspannt geht und dabei

Dieses Pferd streckt sich im Trab am hingegebenen Zügel schön vorwärts-abwärts.

genau auf das achtet, was du von ihm willst.

Wenn du das Ziel hast, die Durchlässigkeit deines Pferdes zu erhalten und zu verbessern, dann wirst du in der folgenden Arbeitsphase möglichst abwechslungsreiche Lektionen reiten. Man bezeichnet ein Pferd als durchlässig, wenn es sich nicht gegen die Hilfen des Reiters wehrt, sondern sie gut annimmt und weich und prompt darauf reagiert. Achte darauf, dass dein Pferd auf die jeweilige Anforderung gut vorbereitet ist und dass die Lektionen aufeinander aufbauen. Bei jeder Übung passt du auf, dass keiner von euch mogelt – weder du noch dein Pferd. Sei ehrlich zu dir selbst: Ist dein Sitz korrekt? Falls du in einer Reithalle mit Spiegeln reitest, sieh hinein! Falls du diesen Luxus nicht genießt, stell dir vor, wie du in einem Spiegel aussehen würdest. Führst du die Zügel richtig, setzt du dein Gewicht korrekt ein? Ohne Reitlehrer ist die Gefahr groß, dass man sich selbst gegenüber bequem und nachlässig wird, aber vom Pferd trotzdem verlangt, dass es alles richtig macht. Das funktioniert natürlich nicht!

Doch auch auf dein Pferd musst du achten: Nimmt es die Paraden weich an? Sind die Übergänge von einer Gangart in die andere geschmeidig? Reagiert es prompt auf deine Hilfen? Geht es auf gebogenen Linien auch wirklich in korrekter Biegung? Du musst dich und dein Pferd ständig kontrollieren, damit du am Ende der Stunde auch wirklich auf einem durchlässigen, zufriedenen Pferd sitzt.

Hast du jedoch das Ziel, eine bestimmte Lektion zu verbessern und zu trainieren, musst du noch mehr bedenken. Gibt es vielleicht Übungen, die das Pferd auf diese spezielle Lektion vorbereiten? Ehe du beispielsweise das Angaloppieren aus dem Schritt übst, lässt du dein Pferd aus dem Trab angaloppieren und achtest darauf, dass es diesen Übergang völlig korrekt ausführt. Erst dann verlangst du die schwierigere Version. Oder: Bevor du von deinem Pferd forderst eine Volte in korrekter Biegung auszuführen, lass es entsprechend gebogen auf dem Zirkel gehen. Dass schon das gar nicht so einfach ist, haben wir ja bereits gesehen.

Achte darauf, auch in dieser Phase immer wieder für Pausen und Abwechslung zu sorgen. Wenn du zum Beispiel den Rechtsgalopp üben möchtest, ist es nicht unbedingt hilfreich, zwanzigmal in Folge rechts anzugaloppieren. Besser ist es, immer wieder etwas Trabarbeit und auch mal einen Linksgalopp einzubauen. So wird zum einen dein Pferd nicht so einseitig belastet. Zum anderen kannst du immer wieder überprüfen, ob es auch wirklich auf dich achtet und gehorsam ist oder nur aufgrund der ständigen Wiederholung richtig angaloppiert.

Auf diese Weise kommst du zu einer ausgewogenen und abwechslungsreichen Trainingsstunde, die dich und dein Pferd weiterbringt – unabhängig davon, welches Ziel du dir gesetzt hast. Jede Übungsstunde unterscheidet sich nur schwerpunktmäßig und nicht grundsätzlich von anderen Trainingseinheiten. Und so soll es auch sein!

Rechts- und Linksgalopp

Aufgrund der Fußfolge im Galopp kann das Pferd zwischen Rechts- und Linksgalopp wählen. Auf dem Reitplatz spricht man auch von Innen- und Außengalopp: Auf der linken Hand ist der Linksgalopp der Innengalopp, auf der rechten Hand ist dies der Rechtsgalopp. Galoppiert das Pferd auf der linken Hand im Rechts- oder auf der rechten Hand im Linksgalopp, so befindet es sich im Außengalopp.
Die Fußfolge im Galopp sieht so aus: Zuerst fußt das äußere Hinterbein auf, dann das innere Hinterbein und das äußere Vorderbein gleichzeitig und zuletzt das innere Vorderbein. Das innere Vorderbein greift dabei deutlich weiter vor als das äußere. Daran kannst du als Reiter leicht erkennen, ob dein Pferd vorne richtig galoppiert. Es kann aber auch passieren, dass dein Pferd mit den Vorderbeinen zwar richtig, mit den Hinterbeinen aber falsch galoppiert. Das bezeichnet man dann als Kreuzgalopp. Wenn sich dein Pferd im Kreuzgalopp befindet, merkst du das schnell. Denn der Kreuzgalopp fühlt sich sehr unbequem und merkwürdig an.

5. Der Rückschlag

Wie du siehst, gehört eine ganze Menge gedanklicher Arbeit zum selbstständigen Training mit dem Pferd.

Doch selbst wenn du dir noch so viel Mühe gibst – es kann immer wieder passieren, dass der Erfolg sich trotzdem nicht einstellen will. Und dann? Ruhe bewahren! Pariere durch, lass dein Pferd im Schritt gehen und überlege erst einmal. Hast du alles richtig gemacht oder liegt der Fehler vielleicht bei dir? Wenn das der Fall ist, bereite dein Pferd erneut vor und versuche es dann noch mal. Achte dabei darauf, dass du nicht den gleichen Fehler wiederholst. Wenn du der Ansicht bist, dass der Fehler nicht bei dir zu suchen ist, dann frage dich, ob dein Pferd für diese Lektion tatsächlich gut genug vorbereitet war. Vielleicht war es noch nicht richtig gelöst und stand nicht wirklich korrekt an den Hilfen? In diesem Fall weißt du, was du zu tun hast: Weitere lösende Übungen steigern die Durchlässigkeit des Pferdes. Und natürlich musst du grundsätzlich darauf achten, es nie zu überfordern!

Aber vielleicht nützt dir alles Grübeln nichts: keine Ahnung, weswegen es heute nicht läuft! In diesem Fall ist es wichtig, dass du es nicht mit Gewalt versuchst. Mit dem Kopf durch die Wand hat noch niemand etwas erreicht! Schalte einen Gang zurück und beginne wieder mit etwas, das ihr hundertprozentig beherrscht. Ein erneuter Versuch lohnt sich nur dann, wenn ihr beide – dein Pferd und du – euch vollkommen wohl fühlt. Wenn das alles nichts bringt, solltest du das Problem unbedingt deinem Reitlehrer schildern. Er kann dir helfen die Ursache zu finden und zu beseitigen. Die Rücksprache mit deinem Reitlehrer ist in jedem Fall sinnvoll. Er kann dich nicht nur bei der Zielsetzung beraten, sondern auch bei der Vorbereitung und Ausführung deines Trainings.

6. Das Erfolgserlebnis

„Wenn es am schönsten ist, soll man gehen.“ Diese Redensart gilt auch für die Trainingsstunde! Es ist ganz wichtig, sie immer mit einem Erfolgserlebnis abzuschließen – sowohl für dich als auch für das Pferd. Ganz klar: Nach einem Erfolgserlebnis fühlst du

Wenn es auf dem Reitplatz mal nicht so recht klappt, kann ein kleiner Ausritt Pferd und Reiter aufmuntern. Auch ein gelungener Geländeritt kann ein Erfolgserlebnis sein!

dich zufrieden und entspannt und kannst mit ruhigem Gewissen absteigen. Vielleicht wollte dein Pferd im Verlauf der Stunde etwas anderes als du. Aber du hast dich auf jeden Fall so weit durchgesetzt, dass es zum Schluss noch einmal das getan hat, was du von ihm verlangt hast. Und für dein Pferd sieht es ähnlich aus: Nach einem Erfolgserlebnis wird es gelobt und kann sich entspannen. So beendet es die Stunde zufrieden.

Tja, aber wenn nun gar nichts klappen will – wo zaubert man dann ein Erfolgserlebnis her? Das ist nicht immer einfach. Doch denk daran: Trenne dich nicht im Streit von deinem Pferd und reite auch nicht stundenlang weiter, obwohl ihr längst erschöpft seid, nur weil du unbedingt noch einmal Erfolg haben willst! Schraube stattdessen lieber deine Anforderungen herunter und gib dich mit weniger zufrieden. Vielleicht führt dein Pferd nur annähernd korrekt aus, was du von ihm verlangst. Doch auch das kann unter Umständen schon ein Erfolgserlebnis und eine Basis für die nächste Trainingsstunde sein.

„Weniger ist manchmal mehr." Auch dieser Spruch trifft aufs Training mit Pferden zu. Es ist keine Niederlage, wenn man nicht immer zu hundert Prozent erreicht, was man sich vorgenommen hat. Letztendlich ist es nur wichtig, dass man nicht mutlos wird, sondern weiter an dem Problem arbeitet. Und dabei hilft dir – auch hier wieder – dein Reitlehrer!

Auf einen Blick: der Aufbau einer Reitstunde

- Bevor du aufsitzt, überlegst du dir, welches Ziel du heute hast und wie du es am besten erreichen kannst. Dann erst reitest du los.
- Am Anfang steht der Schritt am langen Zügel, danach folgt eine allgemeine Lösungsphase.
- Anschließend bereitest du dein Pferd und dich auf die Lektionen vor, die du dir für diesen Tag vorgenommen hast.
- Beim Reiten der Lektionen sorgst du trotz aller Konzentration immer wieder für Abwechslung, indem du zwischendurch andere, leichtere Übungen ausführst.
- Du beendest die Arbeit auf jeden Fall mit einem Erfolgserlebnis: Entweder hast du erreicht (oder annähernd erreicht), was du dir vorgenommen hast. Oder du hast ersatzweise eine andere Lektion korrekt ausgeführt.
- Bei alledem steht dir dein Reitlehrer mit Rat und Tat zur Seite.

Lösende Lektionen

Der Begriff Losgelassenheit spielt beim Dressurreiten eine wichtige Rolle. Nicht nur du sollst locker und „losgelassen“ auf dem Pferd sitzen, auch dein Pferd muss gelöst werden. Lösen bedeutet, dass das Pferd ein Trainingsprogramm absolviert, wie es menschliche Sportler auch tun: Die Muskeln werden gelockert, Verspannungen gelöst und der ganze Körper wird gymnastiziert und gedehnt. Beim Reiten kommt noch dazu, dass Pferd und Reiter sich aufeinander einstellen und ihre Verständigung verbessern: Der Reiter stellt das Pferd an die Hilfen. Daher ist die Lösungsphase am Anfang jeder Stunde die unabdingbare Voraussetzung für jede weitergehende Arbeit mit dem Pferd.
Ehe man jedoch einzelne Lektionen in Angriff nimmt, ist es ganz wichtig, dass man circa zehn Minuten (oder auch länger) im Schritt am hingegebenen Zügel reitet. In dieser Zeit wärmen sich die Muskeln und Gelenke des Pferdes schon einmal auf. Außerdem können sich Pferd und Reiter dabei vor dem Beginn der eigentlichen Arbeit noch einmal bewusst entspannen.

Nach diesem ersten Aufwärmen im Schritt beginnt die eigentliche Lösungsphase. Hier soll erreicht werden, dass das Pferd sich sichtbar entspannt, zufrieden und fleißig vorwärts bewegt und allmählich an die Hilfen gestellt wird. Es ist nicht das erste Ziel, dass das Pferd den Kopf in eine dressurmäßige Stellung

Vorsicht beim Aufwärmen!

Gerade Pferde, die aus der Box kommen, dürfen nicht sofort voll belastet werden. Durch die mangelnde Bewegung sind ihre Gelenke nicht abgepolstert. Innerhalb der Gelenke bildet sich eine Art Schmiere, wenn das Pferd sich bewegt – dadurch wird das Gelenk geschützt. In der freien Natur würden sich die Pferde ja die meiste Zeit des Tages langsam bewegen, sodass dieses Problem gar nicht auftreten würde. Doch ein Boxenpferd hat einfach keine Möglichkeit dazu. Daher ist es am besten, seinem Pferd diese freie Bewegung auf der Weide oder im Auslauf zu gönnen. Doch wenn das nicht immer möglich ist, muss der Reiter unbedingt Rücksicht nehmen und sein Pferd sehr vorsichtig aufwärmen.

Ein solcher Galopp im Gelände trägt dazu bei, das Pferd zu lösen – solange keine unkontrollierte Raserei daraus wird ...

nimmt! Die richtige Haltung stellt sich nämlich ganz von allein ein, wenn das Pferd wirklich gelöst ist und durch treibende Hilfen an das Gebiss herangetrieben wird. Es kann nie das einzige Ziel einer Reitstunde sein, das Pferd an den Zügel zu stellen. Zumindest zu Beginn der Arbeit ist es immer das vorrangige Ziel das Pferd zu lösen. Denn nur ein gelöstes Pferd kann später entsprechend versammelt werden. Ein verspanntes Pferd wird den höheren Anforderungen der Dressur kaum gerecht werden.

Merkmale der Losgelassenheit

Es gibt mehrere Anzeichen, die dir verraten, ob dein Pferd wirklich gelöst ist. Da ist zunächst die Art seines Ganges: Das gelöste Pferd geht schwungvoll vorwärts, schwingt im Rücken, tritt mit den Hinterbeinen unter seinen Schwerpunkt und ist dabei für den Reiter bequem zu sitzen. Wenn dein Pferd dich im Trab meterhoch aus dem Sattel schleudert, hast du entweder noch nicht gelernt zu sitzen – oder dein Pferd ist nicht gelöst! Außerdem ist das gelöste Pferd locker im Genick und reagiert weich und nachgiebig auf die Hilfen des Reiters. Wenn dein Pferd dir die Zügel aus der Hand reißt, dir einfach davoneilt oder aber träge durch den Sand schlurft, ist es nicht gelöst! Das gelöste Pferd lässt sich mühelos biegen – und zwar in beide Richtungen. Es wechselt auch ruhig, taktmäßig und sicher von einer Biegung in die andere. Viele Pferde gehen grundsätzlich lieber auf der einen Hand als auf der anderen – doch ein gelöstes Pferd lässt sich auf jeden Fall in beide Richtungen biegen. Bei alledem schnaubt das Pferd von Zeit zu Zeit und kaut zufrieden auf dem Gebiss.

Und zuletzt noch der untrügliche Test, der dir zeigt, ob dein Pferd gelöst ist: Lass dir einmal die Zügel aus der Hand kauen. Dazu lässt du dir die Zügel

Ein gelöstes Pferd bewegt sich schwungvoll und tritt mit den Hinterbeinen unter seinen Schwerpunkt.

allmählich aus der Hand gleiten, während sich das Pferd vorsichtig streckt. Wichtig ist, dass du dabei weiterhin aktiv mit Gewicht und Schenkeln treibst. Reißt das Pferd dir mit einem Ruck die Zügel aus den Händen, so ist es nicht gelöst und steht offensichtlich nicht an den Hilfen! Doch wenn sich das Pferd allmählich vorwärts-abwärts streckt, ist es entspannt und losgelassen. Zuletzt lässt es sich am hingegebenen

Diese Pferde sind noch nicht gelöst. Das Pferd oben zeigt durch seine steife Haltung und den weggedrückten Rücken, dass es nicht zufrieden ist. Das Pferd unten drückt sein Unbehagen durch Schweifschlagen aus. Außerdem verkriecht es sich hinter den Zügel.

Zügel treiben ohne davonzueilen oder auch nur den Takt seiner Tritte beziehungsweise Schritte zu ändern. Dieses Pferd wird sich nun auch bereitwillig vom Reiter versammeln lassen: Es ist durchlässig.

Es gibt mehrere Lektionen, die dem Reiter dabei helfen, sein Pferd zu lösen. Vielfach handelt es sich bei diesen so genannten lösenden Lektionen einfach um gebogene Linien. Auf einer geraden Strecke kann sich ein Pferd relativ leicht versteifen und sich so der Einwirkung des Reiters entziehen. Doch auf gebogenen Linien fällt ihm das durch die nun geforderte Stellung und Biegung wesentlich schwerer. Deshalb ist es hier viel leichter, die Losgelassenheit des Pferdes zu verbessern. Grundsätzlich reitet man während der Lösungsphase überwiegend im Trab und auch im Galopp – obwohl es auch im Schritt Möglichkeiten gibt das Pferd zu lösen.

Eine der lösenden Lektionen haben wir schon kennen gelernt: den Zirkel. Und gerade der Zirkel ist auch eines der wichtigsten Mittel zur Verbesserung der

Losgelassenheit. Wie ein korrekter Zirkel geritten wird, haben wir ebenfalls bereits gesehen – doch in welcher Weise hilft uns der Zirkel dabei, unser Pferd zu lösen?

Der Zirkel als lösende Lektion

Erinnern wir uns: Beim Reiten auf dem Zirkel wird das Pferd mit Hilfe des Innenzügels gestellt und um den Innenschenkel gebogen. Dabei verhindern Außenzügel und Außenschenkel ein Ausbrechen nach außen. Außerdem verlagert der Reiter sein Gewicht stärker nach innen.

Ziel der lösenden Arbeit ist es nun, das Pferd dazu zu bringen, dass es nachgiebig auf die inneren Hilfen reagiert und verstärkt an die äußeren Hilfen herantritt. Je besser das Pferd gelöst ist, desto weicher wird es die inneren Hilfen annehmen. Ein gut gelöstes Pferd befindet sich auch in Biegungen im Gleichgewicht und tritt dabei besonders mit dem inneren Hinterbein unter den Schwerpunkt. Wenn das Pferd auf die inneren Hilfen entsprechend durchlässig reagiert und dadurch stärker an den äußeren Hilfen steht, beginnt die versammelnde Arbeit – mehr dazu im nächsten Kapitel.

Was musst du als Reiter denn nun tun um dein Pferd in dieser Form zu lösen?

Entscheidend ist hier – wie immer –, dass du das Pferd ausreichend treibst. Die lösende Arbeit auf dem Zirkel findet normalerweise zunächst im Trab statt. Das Tempo sollte anfangs noch etwas über dem normalen Arbeitstempo liegen, das Pferd soll fleißig vorwärts treten. Der innere Schenkel des Reiters aktiviert das innere Hinterbein des Pferdes und fordert die Biegung entsprechend der Zirkellinie. Der innere Zügel gibt die Stellung des Pferdes vor. Wenn das Pferd nun nachgibt, sich also willig stellen und biegen lässt ohne sich gegen den Schenkel zu wehren oder Druck auf das Gebiss auszuüben, wird es sofort dafür belohnt: Die innere Hand des Reiters muss dann leicht werden und nach vorne gehen. Dabei treibt der Schenkel jedoch aktiv weiter! Wenn der Reiter zugleich mit dem Vorgehen der inneren Hand irgendeine andere Hilfe vernachlässigt, wird sich das Pferd der erreichten Stellung und Biegung höchstwahrscheinlich wieder entziehen. So muss auch der Außenzügel in ständigem Kontakt mit dem Pferdemaul bleiben und die Führung übernehmen, wenn der Reiter mit der inneren Hand nach vorne geht.

Reagiert das Pferd auf das Nachgeben des inneren Zügels durch zufriedenes Kauen und behält es die erreichte Innenstellung weiterhin bei, so kann man mit der inneren Hand auch einmal so weit vorgehen, dass wirklich nur noch am äußeren Zügel ein Kontakt zum Pferdemaul besteht. Allerdings sollte dies kein Dauerzustand sein; nach einigen Tritten wird der innere Zügel vorsichtig wieder aufgenommen.

Der Innenzügel hat nun also nur noch die Aufgabe die gewünschte Innenstellung aufrechtzuerhalten beziehungsweise sie wieder herzustellen, falls sie doch einmal verloren gegangen ist. Die entscheidende Rolle spielt jetzt der Außenzügel: Seine Länge entscheidet darüber, ob sich das Pferd im Hals aufrichtet oder streckt. Während der Lösungsphase soll das Pferd dazu gebracht werden, den Hals vorwärts-abwärts zu strecken. Der Reiter unterstützt das Pferd dabei, indem er wiederholt mit beiden Händen vorgeht – also auch mit der äußeren Hand, bei der jedoch der Kontakt zum Pferdemaul erhalten bleibt. Dabei sucht sich das Pferd von selbst die Anlehnung ans Gebiss, indem es sich immer so weit vorwärts-abwärts streckt, wie die Reiterhand es ihm erlaubt.

Indem es sich vorwärts-abwärts streckt, dehnt das Pferd seine Rückenmuskulatur und entspannt sich. So kann der Rücken frei schwingen und das Pferd löst sich in der oben beschriebenen Weise. Im Extremfall kann der Reiter sich auch einmal völlig die Zügel aus der Hand kauen lassen und das Pferd am hingegebenen Zügel weitertreiben (auch im Trab!).

Noch einmal kurz zusammengefasst: Zum Lösen auf dem Zirkel treibt der Reiter

Dieses Pferd hat sich „aufgerollt" und geht hinter dem Zügel. Der Reiter muss die treibenden Hilfen verstärkt einsetzen.

Wenn ein Pferd richtig gelöst wurde, sucht es von sich aus die Anlehnung an das Gebiss.

Hinter dem Zügel

Es kann passieren, dass sich das Pferd „aufrollt", sodass sich sein Nasenrücken hinter der Senkrechten befindet. Das sieht manchmal so aus, als wolle sich das Pferd selbst in die Brust beißen. Geht ein Pferd in dieser Haltung, so kann der Reiter nicht mehr normal mit den Zügeln einwirken. Je kürzer er die Zügel nun fassen würde, desto stärker würde sich das Pferd aufrollen und sich so den Zügelhilfen entziehen. In diesem Fall spricht man davon, dass das Pferd hinter dem Zügel geht. Auch hier hilft wieder vermehrtes Treiben. Es ist wichtig, dass der Reiter der Versuchung widersteht die Zügel immer kürzer zu fassen. Stattdessen muss ein solches Pferd erst einmal lernen sich richtig zu strecken und so von alleine die Anlehnung an das Gebiss finden.

sein Pferd in einem fleißigen Trab. Er stellt es der Zirkellinie entsprechend nach innen und biegt es um den inneren Schenkel. Reagiert das Pferd auf diese Hilfen weich und nachgiebig, so geht der Reiter zunächst mit der Innenhand vor und überprüft, ob das Pferd dabei die erreichte Stellung beibehält und sich am Außenzügel führen lässt. Nun wird das Pferd bei stetem Einsatz der treibenden Hilfen durch langsames Vorgehen beider Hände dazu aufgefordert, sich im Hals vorwärts-abwärts zu strecken. Danach nimmt man die Zügel vorsichtig wieder auf und treibt das Pferd erneut an das Gebiss heran. Dieser Vorgang wird so lange wiederholt, bis sich das Pferd völlig entspannt und weich bewegt und sich willig an die Hilfen stellen lässt – und das auf beiden Händen.

Diese Art des Reitens auf der Zirkellinie ist die Grundlage der lösenden Arbeit, die nun durch verschiedene andere Lektionen ergänzt werden kann.

Leichttraben

Während der Lösungsphase sitzt der Reiter im Trab noch nicht aus (er bleibt also nicht beständig im Sattel sitzen), sondern trabt leicht. Dazu hebt er im Einklang mit dem Takt des Pferdes bei jedem zweiten Tritt sein Gesäß etwas aus dem Sattel. Dann setzt er sich kurz und weich wieder in den Sattel – und steht gleich darauf wieder auf.
Beim Leichttraben in der Reitbahn sitzt man immer dann ein, wenn das Pferd mit dem inneren Hinterbein auffußt. Daher stammt der Ausdruck: „Man trabt auf dem inneren Hinterfuß leicht." Ob du auf dem richtigen Fuß leichttrabst, kannst du überprüfen, indem du die äußere Schulter des Pferdes beobachtest: Wenn diese nach vorne geht, stehst du auf. Bewegt sie sich nach hinten, setzt du dich in den Sattel. Falls du auf dem falschen Fuß leichttrabst, kannst du dies korrigieren, indem du zwei Tritte aussitzt.

Wege zur Losgelassenheit

Vorweg gleich das Wichtigste: Gerade in der Lösungsphase ist es entscheidend, das Pferd wirklich *vorwärts zu reiten*. Es gibt nämlich zwei Methoden Verspannungen zu lösen: das Reiten von gebogenen Linien – und das Vorwärtsreiten!

Daher gehört es zur Lösungsphase (wenn auch nicht direkt an den Anfang), auch einmal Tempoverstärkungen zu fordern. Dafür bietet sich vor allem der Galopp an. Lass dein Pferd an der langen Seite der Bahn die Galoppsprünge verlängern, nimm es an der kurzen Seite wieder zurück und wiederhole das Ganze an der nächsten langen Seite. Allerdings musst du immer darauf achten, dass dir das Pferd nicht einfach davonstürmt – die Galoppsprünge zu verlängern bedeutet nämlich nicht ein Rennen zu veranstalten. In der Lösungsphase kannst du während dieser Galoppverstärkung an der langen Seite auch einmal den Entlastungssitz einnehmen. Dadurch entlastest du den Rücken deines Pferdes, sodass es ihn leichter aufwölben und dehnen kann. Auf jeden Fall sollte dabei die Zügelanlehnung erhalten bleiben. Wenn dein Pferd jetzt den Kopf hochreißt und losstürmt, ist es noch zu früh für diese Übung. In diesem Fall solltest du erst einmal mit lösenden Lektionen im Schritt und Trab weitermachen.

Zu den lösenden Lektionen im Trab zählen in erster Linie sämtliche gebogenen Linien; so zum Beispiel Schlangenlinien durch die ganze Bahn in drei, vier oder später sogar fünf Bogen. Da die Wendungen mit zunehmender Bogenzahl allerdings recht eng werden, solltest du Schlangenlinien mit vier oder fünf Bogen erst dann reiten, wenn das Pferd bereits einigermaßen warm ist und damit die Voraussetzungen für diese engen Wendungen erfüllt. Auch die einfache oder doppelte Schlangenlinie an der langen Seite gehört zu den lösenden Lektionen, ebenso wie eine große Acht aus zwei Zirkeln, die durch ein gleichmäßiges „Aus dem Zirkel wechseln“ geritten wird. Die Volte gehört dagegen nicht zu den lösenden Lektionen. Denn sie verlangt dem Pferd ein Maß an Längsbiegung und Versammlung ab, auf das es zu diesem Zeitpunkt noch nicht ausreichend vorbereitet ist.

Richtungswechsel

Bei all diesen lösenden Lektionen sind die gleichen Dinge zu beachten wie beim Reiten auf dem Zirkel. Für alle gebogenen Linien gelten die gleichen Grundsätze. Außerdem ist es wichtig, dass Richtungswechsel (wie beispielsweise in Schlangenlinien) durch halbe Paraden vorbereitet werden. Während des Richtungswechsels musst du darauf achten, dass du das Pferd ein paar Tritte lang (circa eine Pferdelänge) wirklich gerade stellst, ehe du es in die andere Richtung stellst und biegst. Wenn man das Pferd unvermittelt umstellt ohne es dazwischen gerade zu richten, gerät es leicht „ins Schleudern“, da es durch diesen plötzlichen Richtungswechsel überfordert wird.

In der Lösungsphase reitet man gebogene Linien mit häufigen Handwechseln vor allem im Trab. Im Galopp bietet sich der Wechsel zwischen Zirkel und ganzer Bahn mit Galoppverstärkung an den langen Seiten an.

Die Übergänge

Nicht nur gebogene Linien, sondern auch häufige Übergänge zwischen den einzelnen Gangarten dienen dazu, das Pferd zu lösen. Dafür eignet sich insbesondere der Wechsel zwischen Arbeitstrab und Arbeitsgalopp. Dabei musst du vor allem darauf achten, dass dein Pferd nicht plötzlich und ruckartig, sondern weich von einer Gangart in die andere übergeht.

Das Angaloppieren sollte ruhig und kontrolliert erfolgen. Mit einer halben Parade wird das Pferd auf den Gangartenwechsel vorbereitet. Zum Angaloppieren verlagert der Reiter nun sein Gewicht deutlich nach innen. Der Innenschenkel liegt am Gurt, der äußere Schenkel verwahrend hinter dem Gurt. Das gilt auch dann, wenn du auf einer geraden Strecke angaloppieren willst. Das jeweils innere Vorderbein des Pferdes – im Linksgalopp das linke Vorderbein, im Rechtsgalopp das rechte – greift weiter vor als das äußere. Wenn der Reiter nun die Bewegung dieses Beines durch den durchhaltenden inneren Zügel blockiert, stört er dadurch den ersten Galoppsprung des Pferdes. In dem Moment, in dem man durch den Schenkeldruck das Signal zum Angaloppieren gibt, muss daher die Innenhand etwas vorgehen. Dadurch macht man es dem Pferd leichter, den richtigen Galopp zu finden.

Beim Angaloppieren ist ein Fehler sehr häufig zu beobachten: Im entscheidenden Moment fällt der Reiter nach vorne statt sich gerade aufzurichten. Dadurch erhält das Pferd die falschen Signale, denn

Das Pferd aufnehmen

Wenn hier die Rede davon ist, dass man das Pferd stärker aufnehmen soll, ist damit Folgendes gemeint: Der Reiter treibt das Pferd verstärkt an das Gebiss heran, sodass sich der Vierbeiner gleichsam „verkürzt" und die gewünschte Haltung einnimmt. Gleichzeitig wird das Pferd dadurch aufmerksam gemacht und besser an die Hilfen gestellt. Um das Pferd an das Gebiss heranzutreiben, setzt der Reiter entsprechende Gewichts- und Schenkelhilfen ein. Mit den Händen gibt er dabei durchhaltende Zügelhilfen – nicht etwa annehmende.

die Gewichtsverlagerung nach innen gehört zu den Galopphilfen. Mit etwas Konzentration beim Angaloppieren kann man diesen Fehler jedoch leicht vermeiden.

Das Durchparieren (egal aus welcher Gangart) wird ebenfalls durch eine halbe Parade vorbereitet. Sie dient dazu, das Pferd etwas stärker aufzunehmen, damit der Übergang in die niedrigere Gangart kontrolliert erfolgt.

Durchpariert wird so, wie es bereits im Zusammenhang mit der ganzen Parade beschrieben wurde (siehe Seite 47). Damit das Pferd nicht „auseinander fällt", also seine Haltung verliert und nicht mehr an den Hilfen steht, muss man auch im Moment des Durchparierens und direkt danach aktiv weitertreiben. Dadurch erreicht man auch, dass das Pferd nicht ruckartig, sondern weich die Gangart wechselt.

Neben diesen Lektionen dienen auch die Stangenarbeit und die Springgymnastik dem Lösen des Pferdes. Diese Formen der lösenden Arbeit werden wir uns später noch genauer ansehen (ab Seite 105).

Im Schritt und aus dem Halten gibt es noch zwei wichtige lösende Lektionen: das Schenkelweichen und die Vorhandwendung. Schauen wir uns diese Lektionen einmal genauer an.

Die Vorhandwendung

Für die Vorhandwendung wird das Pferd zunächst angehalten. Dabei muss man darauf achten, dass das Pferd zur Außenseite der Reitbahn hin genug Platz für seinen Kopf hat. Wenn sich die Bahnbegrenzung ziemlich dicht am ersten Hufschlag befindet, bietet es sich daher an, für die Vorhandwendung auf dem zweiten Hufschlag durchzuparieren. Der zweite Hufschlag verläuft parallel zum ersten, „normalen" Hufschlag etwas weiter innen. Aus dem Halten heraus soll das Pferd nun mit den Hinterbeinen einen Halbkreis um die Vorderbeine beschreiben, die dabei auf der Stelle treten. Bei der Vorhandwendung wird das innere Hinterbein vor das äußere gesetzt.

Innen und außen – was ist was?

Die Bedeutung der Begriffe „innen“ und „außen“ richtet sich in erster Linie nicht danach, wo die Begrenzung und wo das Innere der Reitbahn ist. Sie hängt vielmehr davon ab, in welche Richtung das Pferd gestellt und gebogen wird. Mit „innen“ ist stets die Richtung gemeint, in die das Pferd guckt und in die es gegebenenfalls gebogen wird. „Außen“ bezeichnet entsprechend die gegenüberliegende Seite, auf der der Reiter mit den verwahrenden äußeren Hilfen einwirkt.

Für eine korrekte Vorhandwendung gibt der Reiter folgende Hilfen: Zunächst wird das Pferd in die Richtung gestellt, in die es sich drehen soll. Wenn das Pferd auf dem ersten oder zweiten Hufschlag steht, kann die Hinterhand logischerweise nur in die Bahn hinein einen Halbkreis beschreiben, da sich außen ja die Begrenzung der Reitbahn befindet. Hast du dein Pferd auf der rechten Hand zum Halten gebracht, so musst du es nun nach links stellen. In diesem Moment wird die bisher äußere linke Seite zur inneren. Bleiben wir bei diesem Beispiel: Du stehst auf der rechten Hand auf dem Hufschlag und stellst dein Pferd nach links. Zugleich verlagerst du auch dein Gewicht entsprechend auf den inneren, das heißt den linken Gesäßknochen. Der linke Schenkel wird zum Innenschenkel und liegt daher am Gurt, während der rechte Schenkel verwahrend hinter den Gurt genommen wird. Mit dem linken Schenkel wird das Pferd nun dazu veranlasst, mit der Hinterhand herumzutreten – und zwar nicht unkontrolliert, sondern Tritt für Tritt. Dabei wird jeder Tritt mit dem verwahrenden rechten Außenschenkel aufgefangen und kontrolliert. Der linke Zügel sorgt dafür, dass die Stellung des Pferdes erhalten bleibt, doch der rechte Außenzügel ist der eigentlich führende: Er verhindert, dass das Pferd vortritt und sich damit den Hilfen des Reiters entzieht. So führt das Pferd Tritt für Tritt eine 180°-Wendung um die Vorhand aus.

Richtig ausgeführt dient diese Lektion dazu, das Pferd gegenüber der Hilfengebung des Reiters feinfühlig zu machen. Doch so einfach eine Vorhandwendung auch zu sein scheint: Es können sich doch – oft sogar unbemerkt – manche Fehler einschleichen.

So wird häufig nicht genügend darauf geachtet, dass das Pferd wirklich Tritt für Tritt herumtritt – in dem Fall schleudert das Pferd mehr herum, als dass es eine Vorhandwendung ausführt. Dadurch tritt die Vorhand nicht mehr auf der Stelle. Stattdessen wird das innere Vorderbein einfach „in den Boden geschraubt“ und dreht auf der Stelle ohne ab- und aufzufußen. Dabei werden die Gelenke dieses Beines übermäßig beansprucht. In diesem Fall musst du verstärkt darauf achten, die einzelnen Tritte mit dem Außenschenkel abzufangen. Lass dein Pferd wirklich Tritt für Tritt eine Vorhandwendung ausführen, indem du es nach jedem Tritt eine kleine Pause einlegen lässt. Dadurch wird aus einem unkontrollierten Herumwirbeln eine konzentrierte Übung.

Ein weiterer häufiger Fehler besteht darin, dass das Pferd während der Vorhandwendung mit den Vorderbeinen nicht auf der Stelle tritt, sondern nach vorne oder hinten ausweicht.

Grundsätzlich ist das Ausweichen nach hinten der geringere Fehler. Doch natürlich sollte beides vermieden werden.

Um zu verhindern, dass das Pferd nach vorne ausweicht, muss sich der Reiter auf den Außenzügel konzentrieren: Die durchhaltende Zügelhilfe verhindert das Vortreten. Falls das Pferd dennoch Anstalten macht nach vorne auszuweichen, kann der Außenzügel kurzzeitig angenommen werden.

Weicht das Pferd dagegen nach hinten aus, solltest du auf deine Gewichts- und Schenkelhilfen achten. Setze dich aufrecht in den Sattel und achte darauf, dein Pferd nicht nur mit dem Schenkel herumzudrücken, sondern auch genügend vorwärts zu treiben um das Rückwärtstreten zu verhindern.

Bei einer korrekten Vorhandwendung setzt das Pferd das innere Hinterbein *vor* das äußere und führt es nicht etwa hinter diesem herum. Der Grund dafür: Ziel der dressurmäßigen Arbeit ist es ja stets, das Pferd dazu zu veranlassen, dass es die Hinterbeine nach vorne unter den Schwerpunkt setzt. Wird nun das innere Hinterbein hinter dem äußeren herumgeführt, so tritt das Pferd mit dem Hinterbein ganz im Gegenteil nach hinten hinaus! Die Vorhandwendung hat zwar an sich keinen Wert für die Versammlung des Pferdes, da hier die Vorhand stützt, während die Hinterhand für ihre Bewegung eher leicht wird. In der später angestrebten Versammlung ist es ja umgekehrt. Trotzdem solltest du unbedingt darauf achten, wie dein Pferd seine Hinterbeine einsetzt. Wenn du alle Hilfen korrekt gibst, wird das Pferd normalerweise auch richtig herumtreten. Frage dennoch einmal einen Zuschauer, wie dein Pferd seine Hinterbeine setzt! Wenn es das innere Hinterbein hinten statt vorne herumführt, solltest du verstärkt auf deine treibenden Hilfen achten.

Das Schenkelweichen

Das Schenkelweichen funktioniert ähnlich wie die Vorhandwendung. Doch hier wendet das Pferd nicht auf der Stelle, sondern bewegt sich vorwärts-seitwärts.

Schenkelweichen kann man auf verschiedenen Linien reiten. Am einfachsten ist das Schenkelweichen entlang der Reitbahnbegrenzung. Dabei wird das Pferd zur Bande hin gestellt und findet dort eine natürliche Begrenzung, die es daran hindert, nach vorne auszuweichen. Um die Übung einzuleiten, kann es hilfreich sein, die zweite Ecke der kurzen Seite etwas abzukürzen. Dadurch befindet sich die Hinterhand des Pferdes bereits leicht innerhalb des Hufschlags. Nun wird das Pferd durch den bisher äußeren Zügel gestellt, der dadurch automatisch wieder zum inneren Zügel wird. Der Schenkel, der der Bande zugewandt ist, übernimmt die Funktion des Innenschenkels. Er liegt treibend am Gurt und fordert die Seitwärtsbewegung. Tritt das Pferd nun mit der Hinterhand etwas seitwärts, so wird dieser Tritt sofort von dem verwahrenden Schenkel aufgefangen, der zur Reitbahnmitte zeigt. Damit sich das Pferd wirklich vorwärts-seitwärts bewegt, stellt man es allerhöchstens in einem Winkel von 45° zum Hufschlag ab. Zur Orientierung: Stell dir einfach knapp die Hälfte eines rechten Winkels vor! Der Reiter muss darauf achten, dass der Außenschenkel (der zur Bahnmitte zeigt) aktiv verwahrend einwirkt. Dieser Schenkel muss aufpassen, dass die Hinterhand des Pferdes nicht zu weit in die Bahn gerät. Denn dann würde es sich nicht mehr vorwärts-seitwärts, sondern nur noch seitwärts bewegen.

Es kommt auch vor, dass das Pferd zwar in die gewünschte Richtung guckt, aber den inneren Schenkel komplett ignoriert und nur mit abgestelltem Kopf weiter geradeaus geht. In diesem Fall muss der Außenzügel verwahrend wirken und dadurch diesen Fehler verhindern. Auch hier ist der Außenzügel der eigentlich führende Zügel. Beim Schenkelweichen gibt er auch die Richtung vor, in die sich Pferd und Reiter bewegen.

Wenn das Schenkelweichen mit dem Kopf zur Reitbahnbegrenzung gut klappt, kann man es auch in umgekehrter Richtung reiten: Dann wird die Vorhand des Pferdes in einem Winkel von höchstens 45° zur Bahnbegrenzung in die Bahn hineingeführt, während die Hinterhand auf dem Hufschlag bleibt. Doch es gibt noch andere Möglichkeiten diese Lektion auszuführen. So kann man zum Beispiel „Aus der Ecke kehrt" reiten, also nach der ersten Ecke der kurzen Reitbahnseite abwenden und im Schenkelweichen zum Hufschlag an der langen Seite zurückkehren. Auch die Hufschlagfigur „Durch die halbe Bahn wechseln" bietet sich fürs Schenkelweichen an. Auf der Zirkellinie kann man das Pferd ebenfalls vorwärts-seitwärts treten lassen. Dafür eignet sich die offene Zirkelseite besonders gut.
Beim Schenkelweichen wird das Pferd gestellt, aber eigentlich nicht gebogen. Wenn die reiterliche Einwirkung stimmt, kann es als Begleiterscheinung zu einer leichten Biegung kommen. Doch diese Lektion kann man auch mit einem ungebogenen Pferd ausführen.

Sowohl Vorhandwendung als auch Schenkelweichen

Beim Schenkel weichen tritt das Pferd vorwärts-seitwärts.

dienen dem Lösen des Pferdes. Sie sollen es dazu bringen, die inneren Hilfen willig und weich anzunehmen, nachgiebig auf sie zu reagieren und so verstärkt an die äußeren Hilfen heranzutreten. Zur Versammlung des Pferdes tragen diese Lektionen nicht bei, doch in der Lösungsphase erfüllen sie durchaus ihren Zweck.

Das gelöste Pferd steht nicht nur an den Hilfen und reagiert willig auf die Wünsche des Reiters, sondern es ist auch *zufrieden!* Diese Zufriedenheit kommt zu Stande, wenn sich das Pferd unter dem Reiter ohne Verspannungen schmerzfrei und locker bewegt. Wenn wir uns beim Sport so richtig wohl fühlen, haben wir auch mehr Spaß, als wenn wir uns mit verkrampften Muskeln herumplagen müssen. Die Losgelassenheit des Pferdes trägt also nicht nur dazu bei, den Vierbeiner rein körperlich auf die nachfolgende anstrengende Versammlungsarbeit vorzubereiten. Sie ist auch die Voraussetzung dafür, dass das Pferd freiwillig, konzentriert und gerne mitarbeitet. Wenn ein Pferd keinen Spaß an der Arbeit hat, führt das oft dazu, dass auch dem Reiter die Lust vergeht. Denn dann ist das Ganze meist ziemlich anstrengend, mühsam und manchmal auch frustrie-

rend. Dagegen ist ein gelöstes Pferd für den Reiter ausgesprochen bequem zu sitzen. Es gibt sich Mühe alles richtig zu machen und freut sich, wenn es für eine gelungene Lektion belohnt wird. Die Losgelassenheit ist daher unerlässlich für jedes weitere sinnvolle Training mit dem Pferd. Fast alle Schwierigkeiten bei der nachfolgenden Arbeit lassen sich darauf zurückführen, dass das Pferd nicht richtig gelöst wurde!
Wenn dein Pferd vollständig gelöst ist, kannst du mit der versammelnden Arbeit beginnen.

Das Leichttraben fördert nicht nur in der Lösungsphase die Losgelassenheit des Pferdes. Es hilft auch zwischendurch aufgetretene Verspannungen wieder zu lösen.

Verspannungen lösen

Auch wenn du die Lösungsphase erfolgreich abgeschlossen hast, solltest du immer wieder überprüfen, ob sich dein Pferd wirklich noch gelöst bewegt. Falls es sich in der Zwischenzeit wieder verspannt hat, musst du ihm unbedingt Gelegenheit geben diese Verspannungen wieder zu lösen. Wenn du erkennst, dass dein Pferd nicht mehr vollständig gelöst ist, solltest du die weiterführende Arbeit daher vorerst beenden und wieder zu den lösenden Lektionen zurückkehren.

Die versammelnde Arbeit stellt hohe Ansprüche an Reiter und Pferd. Das Pferd soll das Gewicht vermehrt mit der Hinterhand aufnehmen und sich vorne aufrichten.

Die versammelnde Arbeit

Alles, womit wir uns bisher befasst haben, diente der Vorbereitung von Reiter und Pferd auf die eigentliche dressurmäßige Arbeit: auf die Versammlung. Sie ist das Ziel der Dressurreiterei. Spätestens hier hört das Reiten auf, Handwerk zu sein, und die Reit*kunst* beginnt.

Versammlung ist ein weiter Begriff. So kann man bereits von Versammlung sprechen, wenn sich ein Pferd in den verschiedenen Gangarten versammelt bewegt. Über die verschiedenen Lektionen lässt sich diese Versammlung dann vervollkommnen, bis sie schließlich in den Lektionen der hohen Schule gipfelt (siehe Seite 90).

Was hat es nun mit dieser Versammlung auf sich?

Wie du schon weißt, senkt das Pferd in der Versammlung seine Kruppe und beugt die Gelenke der Hinterhand, sodass es sein eigenes Gewicht und das seines Reiters vermehrt mit den hinteren Gliedmaßen trägt. Dabei erscheint es kürzer und richtet sich vorne auf: Der Hals wird nach oben gewölbt, das Genick bildet den höchsten Punkt des Pferdekörpers und der Nasenrücken befindet sich in beziehungsweise leicht vor der Senkrechten. Die Hinterbeine treten weit nach vorne unter den Schwerpunkt. Der Reiter bringt das Pferd durch die Spannung zwischen treibenden und verhaltenden Hilfen in diese versammelte Haltung, wobei hier wie immer die treibenden Hilfen die entscheidenden sind.

Geht das Pferd nun im versammelten Schritt, Trab oder Galopp, so bedeutet das, dass es sich in diesen Gangarten in der oben beschriebenen Haltung und in einem verkürzten Tempo bewegt. Gerade im Galopp kann man sehr schön den Unterschied zwischen dem versammelten Galopp und dem Arbeitsgalopp erkennen: Die versammelten Galoppsprünge sind kürzer als die im Arbeitsgalopp, doch dafür springt das Pferd den Galopp mehr nach oben als nach vorne, während die Hinterhand deutlich gesenkt ist. Für den Schritt und den Trab gilt das Gleiche, auch wenn der Unterschied hier nicht ganz so offensichtlich ist.

Neben dieser Versammlung, die sich in der Ausführung der Gangarten zeigt, gibt es einzelne Lektionen, die einen ganz besonderen Grad der Versammlung verlangen. Den Anfang bilden Lektionen, die man als Reitschüler schon relativ bald kennen lernt, wie die Volte oder das Rückwärtsrichten. Doch je weiter Reiter und Pferd in ihrer Ausbildung sind, desto eindrucksvoller werden die Übungen: Piaffe, Passage, Traversalen und fliegende Galoppwechsel im vorgeschriebenen Takt zeugen vom hohen Ausbildungsstand von Pferd und

Kopfhaltung und Versammlung

Viele Reiter glauben, dass ihr Pferd versammelt an den Hilfen steht, wenn es den Nasenrücken in der Senkrechten hält. Doch das ist nur *ein* Merkmal der Versammlung! Auch wenn das Pferd den Kopf noch so schön hält: Solange es die Hinterbeine nicht weit untersetzt, hat diese Haltung mit Versammlung nichts zu tun und an den Hilfen steht ein solches Pferd auch nicht.

Reiter. Auf herkömmlichen Dressurturnieren ist damit die Spitze erreicht, doch außerhalb der Turnierplätze wird auch heute noch die hohe Schule mit den so genannten Schulen über der Erde gepflegt. Als Schulen über der Erde bezeichnet man Lektionen, bei denen sich das Pferd ganz oder teilweise (das heißt mit der Vorhand) vom Erdboden löst. Diese Schulsprünge erfordern allerdings einen Grad der Versammlung, der hauptsächlich von besonders dafür geeigneten Pferden wie beispielsweise den Lipizzanern in der Spanischen Reitschule in Wien erreicht wird.

Doch zurück zu uns „normalen" Reitern mit „gewöhnlichen" Pferden. Auch wenn wir den höchsten Grad der Versammlung vielleicht gar nicht anstreben, sollten wir uns doch einmal mit der versammelnden Arbeit auseinander setzen.

In vergangenen Zeiten, in denen die Pferde als Kriegsrösser eingesetzt wurden, war die Versammlung aus zwei Gründen wichtig: Zum einen musste das Pferd während eines Kampfes völlig kontrollierbar sein, eng auf der Hinterhand wenden können und prompt und flexibel auf die Reiterhilfen reagieren. Diese Bedingungen erfüllte nur ein versammeltes Pferd. Zum anderen konnte man vor dem Kampf mit einem hoch aufgerichteten, versammelten Pferd seine Gegner schon einmal beeindrucken. (Das konnte man natürlich nicht nur bei Kriegsgegnern, sondern auch bei seinen Freunden tun ... und kann es heute noch!) Die Ritter hatten während ihrer Kämpfe übrigens nur eine oder gar keine Hand frei – denn sie mussten ja den Schild und eine Waffe tragen. Trotzdem hatten sie ihre Pferde vollständig unter Kontrolle, denn entscheidend waren eben auch damals schon nicht die Zügel-, sondern die Gewichts- und Schenkelhilfen!

Heute dient die Versammlung anderen Zwecken. Dabei kann man mehrere Stufen unterscheiden. Nach der Lösungsphase bietet das Pferd in der Regel ein Mindestmaß an Versammlung an. Im Vergleich zum ersten Trainingsabschnitt zeigt es eine etwas verstärkte

Aufrichtung: Die Vorhand wird „leicht" und dadurch werden die Gelenke der Vorderbeine weniger belastet. Warum das so wichtig ist, haben wir schon gesehen. Daher ist es jeder Reiter seinem Pferd schuldig, diese zwei Bestandteile der Ausbildung – das Lösen des Pferdes und das Erreichen eines Mindestmaßes an Versammlung – zu erlernen! Dadurch stellt er sicher, dass das Pferd Freude an der Arbeit hat und behält und durch die zusätzliche Belastung mit dem Reitergewicht keine gesundheitlichen Schäden davonträgt.

Bei diesem galoppierenden Pferd kann man gut erkennen, dass das Genick der höchste Punkt ist.

In den höheren Dressurklassen gibt es allerdings viele Lektionen, die ihren Sinn nicht mehr allein in der Schonung des Pferdes haben. Diese Übungen und Figuren zeigen, wie fein und exakt Reiter und Pferd zusammenarbeiten können. Wie sieht es nun damit aus – ist das noch pferdegerecht? Oder geht es bei diesen anspruchsvollen Lektionen lediglich darum, dass der Ehrgeiz des Reiters befriedigt wird?
Ehrgeiz spielt hier sicher keine geringe Rolle – aber deshalb ist ein Dressurreiter der höheren Klassen noch lange kein Tierquäler! Zum einen lassen sich Pferde glücklicherweise nur in begrenztem Maße zu etwas zwingen. Wenn sie keine Freude an der Arbeit haben, kann man ihnen das sehr deutlich anmerken: So ein Pferd wird kaum je auf einem großen Turnier erfolgreich sein. Zum anderen handelt es sich bei allen Dressurlektionen um Bewegungen, die auch bei Pferden in freier Wildbahn zu beobachten sind. Zum Imponiergehabe der Hengste gehören zum Beispiel

zahlreiche „versammelte Lektionen“. Frei lebende Pferde führen oft wunderschöne Galoppwechsel, Passagen und Piaffen aus – und alles ganz ohne Reiter ... Natürlich sieht das Ganze in der freien Natur etwas anders aus als unter dem Sattel in der Reitbahn. Doch die Ansätze für diese Bewegungsabläufe sind die gleichen.
So zwingt die Dressur das Pferd nicht etwa dazu, sich unnatürlich zu verrenken. Im Gegenteil: Das Pferd lernt auf diese Weise angeborene Bewegungsmuster zu verfeinern und zu kontrollieren. Die Reitkunst basiert daher in erster Linie auf der Kenntnis und dem Verständnis des Lebewesens Pferd. Und daran sollte sich jeder Reiter immer wieder erinnern!

Wie wird ein Pferd versammelt?

In der Lösungsphase hat der Reiter das Pferd durch das Vorgehen der Hände immer wieder dazu aufgefordert, seinen Hals zu strecken. Dagegen hält er in der nun folgenden Arbeitsphase eine beständige Verbindung zum Pferdemaul, die zumindest am Außenzügel stets erhalten bleibt. Solange sich das Pferd willig biegt und durchlässig auf die Hilfen reagiert, kann der Innenzügel immer wieder einmal nachgeben.

Durch halbe Paraden wird das Pferd nun dazu gebracht, stärker unterzutreten und sich vorne aufzurichten. Kurz gesagt: Der Reiter treibt verstärkt! Der anstehende Außenzügel veranlasst das Pferd seinen Hals entsprechend zu tragen. So kommt die Aufrichtung der Vorhand zu Stande, während sich die Kruppe durch das vermehrte Untertreten senkt. Wurde das Pferd vorher gelöst, so wird es ganz von selbst ein gewisses Maß an Versammlung anbieten.

Ecken und Volten

Man unterscheidet zwischen versammelnden und versammelten Lektionen. Versammelnde Lektionen helfen uns dabei, das Pferd zu versammeln. Dagegen kann man versammelte Lektionen nur mit einem bereits versammelten Pferd ausführen. Für uns sind hier die versammelnden Lektionen die wichtigeren – denn wir wollen ja den Einstieg in die versammelnde Arbeit mit dem Pferd finden.

An erster Stelle steht hier eine Lektion, die von den meisten Reitern viel zu wenig beachtet wird. Und dabei wird sie ständig ausgeführt – oder eben nicht ausgeführt, denn wer macht sich schon jedes Mal die Mühe die Ecken der Reitbahn richtig auszureiten? Der Reithallensand zeugt überall davon, wie die Reiter die eigentlich rechteckige Reitbahn zum Oval machen. Manchmal bleibt von der kurzen Seite kaum noch eine gerade Strecke auf dem Hufschlag über, so stark wird hier abgerundet! Dabei ist das Durchreiten der Ecken eine ganz hervorragende Hilfe bei der versammelnden Arbeit – und eine recht anspruchsvolle Lektion noch dazu.

Verständigung statt Krafteinsatz

Offensichtlich muss der Reiter ständig treiben, treiben, treiben ... Das klingt ganz schön anstrengend – und das ist es auch tatsächlich! Dennoch musst du immer wieder darauf achten, dich dabei nicht zu verkrampfen. Stärker treiben kannst du in erster Linie nicht durch Krafteinsatz, sondern vor allem, indem du deine Hilfen bewusst aufeinander abstimmst und auf einen tiefen Sitz bei aufrechtem Oberkörper achtest. Mach dir immer wieder klar: Rein kräftemäßig hast du eh keine Chance – ohne Verständigung mit dem Pferd läuft gar nichts.
Und noch etwas: Die Zügel halten jetzt zwar einen ständigen Kontakt zum Pferdemaul – aber das muss nach wie vor eine leichte Verbindung sein! Auch jetzt wird nicht am Zügel gezogen. Wenn du dein Pferd stärker aufnehmen möchtest, musst du es halt vermehrt von hinten an das Gebiss herantreiben. Begrenzt du das Pferd nur vorne durch die Zügel ohne entsprechend zu treiben, erreichst du ganz bestimmt keine Versammlung! Im Gegenteil: Dein Pferd wird gerade dann mit den Hinterbeinen irgendwie durch die Gegend „latschen".

Wenn man sie richtig durchreitet, fordert die Ecke vom Pferd das Höchstmaß an Längsbiegung, zu dem es vom Körperbau her überhaupt fähig ist. Wenn diese Biegung tatsächlich erreicht wird, steht das Pferd an den äußeren Hilfen und ist dabei gegenüber den inneren völlig durchlässig. Es setzt das innere Hinterbein weit unter den Schwerpunkt, wird „kürzer" und richtet sich auf. Kurz, es führt hier auf kleinstem

Das korrekte Durchreiten der Reitbahn-Ecken zählt zu den versammelnden Lektionen. Das Pferd muss sich dabei sehr stark biegen.

Raum eine Lektion aus, die schon ein recht hohes Maß an Versammlung verlangt! Daher lohnt es sich, einfach einmal darauf zu achten, wie die Ecken normalerweise abgekürzt werden – und wie sie richtig geritten werden.

Korrekt bereitet man das Durchreiten einer Ecke durch eine halbe Parade vor, wie jede andere Lektion auch. Wenn man die Ecke erreicht, stellt man das Pferd nach innen. Das Reitergewicht ruht auf dem inneren Gesäßknochen, das innere Bein wird „lang" und fordert am Gurt die Biegung um den inneren Schenkel. Der Außenschenkel liegt verwahrend hinter dem Gurt und verhindert ein Ausbrechen der Hinterhand. Der äußere Zügel begrenzt das Pferd an der Schulter. Hier gilt also grundsätzlich das Gleiche wie bei den bereits besprochenen gebogenen Linien. Das Besondere an der Ecke ist der Grad der Längsbiegung, der hier verlangt wird. Daher kann man eine Ecke erst dann wirklich korrekt durchreiten, wenn Pferd und Reiter schon gelöst und daher in der Lage sind, die geforderte Versammlung zu erreichen.

Auch die Volte gehört zu den versammelnden Lektionen. Hier wird vom Pferd ebenfalls ein recht starker Grad der Längsbiegung verlangt. Es ist sehr wichtig, immer zu überprüfen, ob sich das Pferd tatsächlich in dem geforderten Maß biegt! Denn sonst bringt eine Volte das Pferd nur aus dem Gleichgewicht.

Damit die versammelnden Lektionen auch wirklich ihren Zweck erfüllen, musst du sie gründlich vorbereiten und korrekt ausführen. Eine schludrige Volte nützt dir gar nichts – dein Pferd schleudert irgendwie herum und von Versammlung kann nicht die Rede sein!

Der einfache Galoppwechsel

In der Lösungsphase wurde bereits galoppiert: Da wurden vor allem die Übergänge Arbeitstrab – Arbeitsgalopp und umgekehrt geübt. Der so genannte einfache Galoppwechsel sieht etwas anders aus: Das Pferd wird aus dem Galopp zum Schritt durchpariert. Nun reitet man eine Pferdelänge im Schritt geradeaus um anschließend auf der anderen Hand wieder anzugaloppieren. Zur Ausführung eines einfachen Galoppwechsels eignet sich die Hufschlagfigur „Aus dem Zirkel wechseln" daher besonders gut.

Auch der einfache Galoppwechsel zählt zu den versammelnden Lektionen. Denn das Pferd muss sich bei den Übergängen Galopp – Schritt und Schritt – Galopp verstärkt auf die Hinterhand „setzen" um diese Übergänge weich und korrekt auszuführen.

Damit das Pferd bei der Parade zum Schritt nicht auf die Vorhand fällt, sondern auch in diesem Moment mit den Hinterbeinen unter den Schwerpunkt tritt, darf der Reiter es nicht plötzlich mit der Parade zum Schritt überfallen. Stattdessen macht er das Pferd bereits einige Galoppsprünge vorher durch halbe Paraden aufmerksam und stellt es verstärkt an die Hilfen. Beim Durchparieren bleibt der Reiter schwer und aufrecht im Sattel sitzen und macht die Beine zu. Er darf nicht nach vorne fallen oder sich gar zurücklehnen und keinesfalls darf er am Zügel ziehen! Auch wenn sich das Pferd nun im

Tiefer Sitz für die Versammlung

Versammelnde Lektionen sind nur dann sinnvoll, wenn du auch während der Übung korrekt auf das Pferd einwirkst. Daher sitzt du im Trab nun aus statt leichtzutraben und im Galopp nimmst du nicht mehr den Entlastungssitz ein. Denn ein tiefer Sitz ist die wichtigste Voraussetzung dafür, dass du dein Pferd versammeln kannst!

Schritt bewegt, treibt der Reiter energisch weiter. Werden die treibenden Hilfen in diesem Moment vernachlässigt, so ist das deutlich zu erkennen: Das Pferd, das vorher noch in aufgerichteter Haltung ging, fällt auf einmal völlig „auseinander" – es latscht nur noch daher und zeigt vielleicht auch Taktfehler.

Während der Schrittphase wird das Pferd zunächst gerade gerichtet (vorher war es ja auf dem Galoppzirkel nach innen gestellt). Dann stellt man es auf die neue Zirkellinie um. Ist es nun auf der anderen Hand nach innen gestellt, gibt der Reiter die Galopphilfen. Die Hilfen zum Angaloppieren aus dem Schritt unterscheiden sich nicht von denen, die man beim Übergang vom Trab zum Galopp gibt. Auch jetzt muss man besonders darauf achten, dass die innere Hand im Moment des Angaloppierens vorgeht und so den Galoppsprung „herauslässt"!

Beim einfachen Galoppwechsel können mehrere Schwierigkeiten auftreten. Wenn das Pferd nicht direkt zum Schritt durchpariert, sondern immer noch ein paar Trabtritte einschiebt, solltest du es vorher verstärkt an das Gebiss herantreiben und es gut auf die folgende Parade zum Schritt vorbereiten. Schlimmer ist es, wenn dein Pferd in den Schritt hinein„fällt", sodass es sich beim Durchparieren

Der Takt

Die Bezeichnung Takt hat im Pferdesport eine ähnliche Bedeutung wie in der Musik. Jede Gangart hat ihren eigenen Takt. So ist der Schritt ein Viertakt, da alle vier Hufe nacheinander ab- und auffußen. Der Trab dagegen ist ein Zweitakt und der Galopp ein Dreitakt. Daher ist der Galopp auch so bequem zu sitzen: Der Reiter wird im Dreitakt „geschaukelt", aber nicht geworfen (im Gegensatz zum Zweitakt im Trab). Wenn ein Pferd taktmäßig geht, setzt es alle vier Hufe gleichmäßig und im immer gleichen Rhythmus der jeweiligen Gangart auf den Boden.
Taktfehler können verschiedene Gründe haben: Im schlimmsten Fall weisen sie auf eine schmerzhafte Lahmheit hin. Meist kommt es jedoch zu Taktfehlern, weil das Pferd unzufrieden, verspannt oder einfach schlecht geritten ist. Daher solltest du immer darauf achten, ob dein Pferd wirklich taktmäßig geht! Sinnvoll trainieren kannst du nämlich nur dann, wenn das der Fall ist.

mit den Vorderbeinen abstützt. Das merkst du sehr schnell daran, dass du im Sattel regelrecht nach vorne geschleudert wirst. Auch in diesem Fall musst du die treibenden Hilfen verstärkt einsetzen um das Pferd daran zu hindern, sein Gewicht im entscheidenden Moment auf die Vorhand zu verlagern. Ehe du weitere einfache Galoppwechsel übst, solltest du mit einem solchen Pferd zunächst weiter an den Übergängen Trab – Galopp und Galopp – Trab sowie Schritt – Trab und Trab – Schritt arbeiten. Wenn diese Gangartenwechsel weich und problemlos klappen, kannst du wieder mit dem einfachen Galoppwechsel beginnen.

Weiter treiben!

Wenn ein Pferd richtig angaloppiert ist, treiben viele Reiter nicht mehr so aktiv weiter – denn es galoppiert ja schon. Dabei muss man die treibenden Hilfen hier ganz bewusst einsetzen! Denn wenn das Pferd angaloppiert und gleich darauf keine Hilfen mehr erhält, wird es entweder „auseinander fallen" – also die Hinterbeine nicht mehr unter den Schwerpunkt setzen – oder es wird (je nachdem, wie faul es ist) einfach wieder aufhören zu galoppieren. Wozu soll man sich auch anstrengen, wenn der Reiter nicht deutlich zeigt, was er will?

Das Rückwärtsrichten

Eine weitere versammelnde Lektion lernen die meisten Reitschüler recht schnell kennen, obwohl diese Übung es durchaus in sich hat: das Rückwärtsrichten.

Versammelnd wirkt diese Lektion nur dann, wenn sie wirklich korrekt ausgeführt wird. Doch anhand des Rückwärtsrichtens lässt sich erkennen, wie es um die Versammlung des Pferdes bestellt ist. So oder so: Das Rückwärtsrichten solltest du nicht zu lange und nicht zu oft üben. Wenn du entschieden vorwärts reitest, kannst du dabei viel mehr erreichen.

Das Rückwärtsrichten beginnt mit einer ganzen Parade, durch die man das Pferd zum Halten bringt. Es ist wichtig, dass das Pferd gerade auf allen vier Hufen steht. Der Reiter bleibt dabei aufrecht sitzen. Aus dem Halten heraus treibt man nun mit den Schenkeln. Gleichzeitig setzt man

Beim Rückwärtsrichten tritt das Pferd mit den diagonalen Beinpaaren gleichzeitig zurück.

beide Zügel durchhaltend oder nötigenfalls sogar annehmend ein und verhindert damit das Vortreten des Pferdes. So bleibt dem Pferd keine andere Wahl als rückwärts zu treten. Das sollte es nun möglichst ruhig tun, Tritt für Tritt – und zwar so lange, bis der Reiter das Pferd wieder dazu veranlasst, stehen zu bleiben. Dafür setzt er die treibenden Hilfen verstärkt ein und gibt gleichzeitig leicht mit den Zügeln nach. Üblicherweise lässt man das Pferd dreieinhalb Tritte zurücktreten.

Das klingt gar nicht so schwierig, doch hier muss man einiges bedenken. Zunächst muss man wissen, dass Pferde von sich aus nicht gerne rückwärts gehen. Deshalb kann man anhand des Rückwärtsrichtens sehr gut überprüfen, wie durchlässig das Pferd wirklich auf die Hilfen reagiert. Aber dadurch kommt es eben auch sehr oft zu Tage, dass Pferd und Reiter noch einige Probleme miteinander haben!

Wenn das Pferd sich schlicht und einfach weigert auch nur einen Schritt rückwärts zu treten, muss man durch lösende Arbeit die Durchlässigkeit weiter verbessern und vor dem Rückwärtsrichten zunächst einmal die ganze Parade zum Halten gründlich üben. Denn wenn ein Pferd nachgiebig und durchlässig zum Halten durchpariert, wird es normalerweise auch bereit sein auf die Hilfen zum Rückwärtsrichten zu reagieren.

Vielleicht ist das Pferd mit dieser Lektion aber einfach noch nicht vertraut und hat Probleme zu verstehen, was der Reiter eigentlich möchte. In diesem Fall kann es hilfreich sein, wenn der Reiter sich zum Rückwärtsrichten etwas nach vorne neigt und so den Rücken des Pferdes entlastet. Das erleichtert dem Pferd die ungewohnte Bewegung. Wenn es die Lektion dann erlernt hat, ist es Zeit, dass der Reiter auch während des Rückwärtsrichtens gerade sitzen bleibt.

Möglicherweise geht das Pferd aber auch sofort rückwärts – nur leider nicht geradeaus, sondern schräg in die Bahn hinein. In diesem Fall belastet der Reiter höchstwahrscheinlich seine Gesäßknochen einseitig oder gibt einseitige Schenkelhilfen. Ist das nicht der Fall und weicht das Pferd trotzdem seitlich aus, so kann man dies ausgleichen, indem man Gewicht und Schenkel auf der entsprechenden Seite vermehrt einsetzt. Auch eine leichte Stellung durch die Zügel kann hier hilfreich sein. Doch natürlich darf daraus kein Dauerzustand werden! Ziel der Übung ist es schließlich, dass das Pferd auf gleichmäßige Hilfen gleichmäßig zurücktritt.

Und noch ein Fehler ist häufig zu beobachten: Statt der vorgeschriebenen dreieinhalb Tritte rennt das Pferd einfach immer weiter rückwärts und ist kaum noch zu bremsen. Das ist kein Zeichen von Durchlässigkeit, sondern nur ein anderer Fluchtweg! Hier muss man sofort verstärkt treiben und das Pferd dadurch auffangen. Dabei muss auf jeden Fall der Kontakt zum Gebiss bestehen bleiben. Denn wer die Zügel „wegschmeißt", gibt dem Pferd ja dadurch eine Art Belohnung. Pferde, die in dieser Weise nach hinten ausweichen, sollten sehr vorsichtig und langsam auf das Rückwärtsrichten vorbereitet und zwischendurch immer wieder vorwärts geritten werden. Für den Anfang reicht es hier aus, wenn das Pferd nur ein oder zwei Tritte rückwärts geht – das ist auf jeden Fall besser als zehn Meter.

Du siehst: Aus dem Rückwärtsrichten kann man schon einiges ableiten!

Seitengänge

Als Seitengänge bezeichnet man es, wenn sich das Pferd seitwärts bewegt – logisch. Doch nicht jedes Seitwärtsstolpern ist ein Seitengang! Bei einem korrekt ausge-

führten Seitengang tritt das Pferd nämlich vorwärts-seitwärts und ist dabei gebogen. Daher handelt es sich beim Schenkelweichen, das wir ab Seite 84 besprochen haben, nicht um einen richtigen Seitengang. Denn dabei wird das Pferd ja nicht gebogen.
Grundlage aller Seitengänge ist das so genannte Schulterherein. Dieser Begriff verrät schon viel: Das Pferd soll seine Schulter in die Bahn herein nehmen.

Hilfreiche Zuschauer

Grundsätzlich benötigt man natürlich immer einen Reitlehrer, wenn man sich mit einer neuen Lektion befasst. Doch auch dann, wenn man alleine zu Hause übt, ist es oft sehr hilfreich, wenn einem jemand zusieht! Manche Dinge, wie zum Beispiel die Huflinien beim Schulterherein, lassen sich eben von unten viel besser beobachten und beurteilen. Dafür muss sich der Zuschauer noch nicht einmal unbedingt mit Pferden auskennen – auch wenn das natürlich immer vorteilhaft ist. Du kannst auch einem Nichtreiter genau erklären, worauf er achten soll. Bitte also ruhig einmal einen unbeteiligten Zuschauer die Ausführung einer Lektion von unten aus zu beobachten! Das kann dir auf jeden Fall dabei helfen, eventuelle Fehler schneller zu erkennen und zu vermeiden.

Dabei bleibt die Hinterhand auf dem Hufschlag. Im Gegensatz zum Schenkelweichen bewegen sich beim Schulterherein beide Hinterhufe geradeaus auf dem Hufschlag in die Bewegungsrichtung weiter. Es ist also eine Längsbiegung erforderlich um die Schulter in die Bahn hineinzuführen und das Pferd wird entsprechend nach innen gestellt.

In welchem Maße soll man das Pferd denn nun vom Hufschlag abstellen, sodass es nicht überfordert wird?

Grundsätzlich gilt folgende Regel: Schulterherein wird auf drei Huflinien geritten. Das heißt, dass ein Beobachter, der genau vor dem Pferd steht, nebeneinander drei Hufe sieht: Auf der äußeren Linie befindet sich der äußere Hinterhuf. Auf der mittleren sieht man den äußeren Vorderhuf, der den inneren Hinterhuf verdeckt. Und auf der inneren Linie bewegt sich der innere Vorderhuf. Wäre das Pferd nicht gebogen, sondern völlig gerade, so sähe der Beobachter von vorne nur die beiden Vorderhufe. Ist das Pferd dagegen zu weit abgestellt, sind alle vier

Hufe zu sehen. Denn dann bewegt sich der äußere Vorderhuf weiter innen als der innere Hinterhuf.

Ehe du mit dem Schulterherein beginnst, solltest du dein Pferd zunächst einmal einfach nur an der langen Seite nach innen stellen, während du weiter auf dem Hufschlag geradeaus reitest. Dabei handelt es sich noch nicht um einen Seitengang und es wird auch noch keine wirkliche Biegung verlangt. Deshalb ist diese Vorübung sehr viel leichter auszuführen – und auch dein Pferd wird schnell begreifen, dass es trotz der Stellung einfach weiter geradeaus gehen soll. Achte aber darauf, dass du dein Pferd nicht zu weit abstellst! Die Stellung, die du hier verlangst, sollte in etwa der Stellung des Pferdes auf dem Zirkel entsprechen: Du solltest den inneren Nüsternbogen und das innere Auge des Pferdes schimmern sehen. Vor dem Erreichen der ersten Ecke der kurzen Seite richtest du das Pferd wieder gerade um es entsprechend auf die Ecke vorbereiten zu können. Wenn du diese Übung auf beiden Händen sicher beherrschst, kannst du mit dem Schulterherein beginnen.

Um das Schulterherein korrekt auszuführen verlagert der Reiter sein Gewicht nach innen, macht das innere Bein lang und legt es an den Gurt. Den Außenschenkel nimmt er verwahrend hinter den Gurt. Der Innenzügel gibt die Stellung vor und der Außenzügel begrenzt das Pferd – das kennen wir alles schon. Doch das Schulterherein fordert schon eine besondere Aufmerksamkeit von Pferd und Reiter. Auf keinen Fall darf das Pferd zu weit von der Bande abgestellt werden. Denn dabei ginge automatisch die angestrebte Biegung verloren, da das Pferd vom Körperbau her einfach nicht in der Lage ist sich so extrem zu biegen.

Damit das Pferd ein wirklich korrektes Schulterherein ausführt, muss der Reiter es an die äußeren Hilfen stellen – vor allem an den Außenzügel. Die Wirkung des Außenschenkels wird in einer normalen Reitbahn auf dem Hufschlag ja durch die äußere Begrenzung der Bahn unterstützt. Hier kann das Pferd kaum ausbrechen. Das heißt aber nicht, dass der Außenschenkel passiv sein darf! Er muss auf jeden Fall deutlich verwahrend auf das Pferd einwirken und dafür sorgen, dass sich die Hinterhand des Pferdes geradeaus bewegt. Die Vorhand des Pferdes wird beim Schulterherein in die Bahn hereingenommen und findet dort keine vorgegebene Begrenzung. Daher ist der Außenzügel hier besonders wichtig! Er gibt die Richtung der Bewegung vor und verhindert eine zu starke Abstellung.

Der Innenschenkel muss die ganze Zeit aktiv am Gurt einwirken und für die Biegung des Pferdes sorgen. Beim Schulterherein auf dem Hufschlag sind daher die Hilfen von Außenzügel und Innenschenkel entscheidend.
Durch das Schulterherein wird das Pferd gymnastiziert und versammelt. Das gilt auch für alle anderen Seitengänge, die sich aus dem Schulterherein ableiten und entwickeln lassen. Zu ihnen gehören unter anderem das Travers und die Traversale. Diese Lektionen werden in den höheren Dressurklassen verlangt. Sie stellen schon recht hohe Ansprüche an Pferd und Reiter. In der Traversale bewegt sich das Pferd nämlich nicht mehr vom Innenschenkel weg, sondern in Richtung des Innenschenkels. Dabei übernimmt der Außenschenkel die Rolle des aktiv treibenden Schenkels. Doch auch der aktiv treibende Außenschenkel liegt immer noch hinter dem Gurt! Bewegt sich das Pferd in der Traversale zum Beispiel nach links, so ist es auch nach links gebogen. Damit das klappt, muss das Pferd schon sehr gut an den äußeren Hilfen stehen und auch sehr gründlich gymnastiziert sein.
Die Traversale wird auf einer diagonalen Linie durch die Reitbahn geritten. Führt man diese Lektion auf dem Hufschlag entlang der Reitbahnbegrenzung aus, so bezeichnet man sie als Travers.

Die Hinterhandwendung

Eine richtig gerittene Hinterhandwendung ist eigentlich schon eher eine versammelte als eine

versammelnde Lektion.
Bei der Wendung um die Hinterhand beschreibt das Pferd mit den Hinterhufen einen ganz kleinen Kreis und tritt dabei mit der Vorhand um 180° herum. Wird das Pferd erst mit einer ganzen Parade zum Halten durchpariert, bevor man diese Wendung beginnt, so spricht man von einer Hinterhandwendung. Wird diese Lektion ohne vorherige Standphase direkt aus dem Schritt eingeleitet, so nennt man sie Kurzkehrtwendung.

Ebenso wie bei der Traversale sind bei der Hinterhandwendung die äußeren Hilfen die entscheidenden. Ein Beispiel: Pferd und Reiter halten auf der linken Hand an. Der Reiter verlagert sein Gewicht nach innen (also links), legt den Innenschenkel an den Gurt und stellt das Pferd nach innen. Der äußere Schenkel liegt hinter dem Gurt. Und dieser Außenschenkel veranlasst das Pferd nun dazu, bei fortdauernder Linksstellung und -biegung mit der Vorhand linksherum einen Halbkreis zu beschreiben. Dabei treten die Hinterbeine beinahe auf der Stelle – aber sie müssen auf jeden Fall treten! Hier gilt das Gleiche wie bei der Vorhandwendung: Alle vier Beine treten während der Wendung mit, sie dürfen nicht auf der Stelle drehen. Der Innenzügel gibt nur die Stellung vor – er hat nicht etwa die Aufgabe das Pferd zu lenken. Der Außenzügel verhindert eine zu starke Abstellung des Pferdes nach innen. Grundsätzlich gilt hier die gleiche Hilfengebung wie auch sonst auf gebogenen Linien, denn im Gegensatz zur Vorhandwendung wird das Pferd bei der Hinterhandwendung nicht nur gestellt, sondern auch gebogen.
Damit diese Lektion gelingt, müssen zunächst einige Voraussetzungen erfüllt sein: Das Pferd muss

Bei der Hinterhandwendung tritt das Pferd mit den Hinterhufen fast auf der Stelle, während es mit den Vorderbeinen einen Kreis beschreibt.

an den äußeren Hilfen stehen und in der bisherigen Arbeit so vorbereitet worden sein, dass es sensibel auf den Außenschenkel reagiert. Auf keinen Fall darf das Pferd zurückweichen, während eine geringe Vorwärtsbewegung durchaus in Ordnung ist. Es ist also wieder mal Treiben angesagt! Und schließlich das Wichtigste: Es ist keine Hinterhand- oder Kurzkehrtwendung, wenn das Pferd einfach herumrennt.

Ehrlichkeit ist alles ...

Gerade bei so anspruchsvollen Lektionen ist die Versuchung zu mogeln groß. Und selbst wenn man das gar nicht möchte, kann es passieren, dass trotz allen guten Willens Zielvorstellung und Ausführung weit auseinander klaffen. Sei daher immer ehrlich zu dir selbst! Du hast nichts gewonnen, wenn du zwar glaubst, eine tolle Hinterhandwendung reiten zu können – aber in Wirklichkeit ziehst du dein Pferd nur irgendwie am Innenzügel herum. Überleg dir daher genau, welche Lektionen du dir und deinem Pferd ehrlich zutraust. Wenn du dir selbst nicht sicher bist, sprich mit deinem Reitlehrer darüber. Sei in diesem Fall bitte pingelig: Es ist besser, einfache Lektionen wirklich gut zu reiten als bei schweren Übungen zu scheitern!

Eine Hinterhandwendung wird Schritt für Schritt ausgeführt und jeder Schritt wird vom Reiter gefordert. Es gibt noch viel mehr Beispiele für versammelnde und versammelte Lektionen, doch hier soll es in erster Linie um das Prinzip der Versammlung gehen. Jede weiterführende Dressurarbeit ist nur mit einem versammelten Pferd möglich. Doch nicht nur im Dressurviereck – auch im Springparcours und im Gelände bist du klar im Vorteil, wenn du dein Pferd bis zu einem gewissen Grad versammeln kannst!
In entscheidenden Momenten setzen sich viele Springreiter tief in den Sattel, obwohl sie ja eigentlich im Entlastungssitz oder sogar im Springsitz reiten. (Im Springsitz steht der Reiter in den Steigbügeln und sein Gesäß befindet sich deutlich über dem Sattel.) So brauchen auch Springreiter ein Mindestmaß an dressurmäßigen Fähigkeiten. Genauso sollten Dressurreiter im Stande sein kleinere Hindernisse zu überwinden. Gerade Springgymnastik eignet sich nämlich hervorragend dafür Pferde im Rücken zu lockern.

Korrektes und maßvolles Springen stärkt die Rückenmuskeln des Pferdes – und es macht Pferd und Reiter Spaß!

Stangenarbeit und Springgymnastik

Um den Reiter tragen zu können muss das Pferd den Rücken aufwölben. Das liegt an seinem Körperbau: Die Wirbelsäule des Pferdes ist nicht so stabil aufgehängt, dass sie das Reitergewicht mühelos tragen könnte. Genau betrachtet erinnert sie eher an eine Hängebrücke – und eine solche Konstruktion nimmt leicht Schaden, wenn sie mit dem zusätzlichen Reitergewicht belastet wird. Deshalb müssen die Rückenmuskeln unterstützend eingreifen – doch sie können das Reitergewicht nur dann abfangen und tragen, wenn sie gedehnt und aufgewölbt werden.

Die ganze lösende Arbeit zielt ebenso wie die später angestrebte Versammlung darauf ab, dass das Pferd den Rücken zunächst dehnt und dann aufwölbt. So kann es das Reitergewicht ohne körperliche Schmerzen oder gar gesundheitliche Schäden tragen. Doch neben der dressurmäßigen Arbeit gibt es noch einen Weg diese Rückentätigkeit zu fördern. Die Rede ist von Stangenarbeit und Springgymnastik.

Entspannt über Stangen

Mit der Stangenarbeit macht das Pferd bereits während seiner Grundausbildung beim Longieren Bekanntschaft. An der Longe (einer langen Leine) lernt es zunächst im Schritt

Im Schritt über Stangen – da muss das Pferd aufpassen, wohin es seine Hufe setzt.

und dann auch im Trab oder sogar im Galopp über mehrere hintereinander liegende Stangen zu schreiten, zu treten oder zu springen. Doch auch unter dem Reiter fördert es die Losgelassenheit des Pferdes, wenn man den Vierbeiner gerade in der ersten Arbeitsphase immer wieder über Stangen treten lässt – zunächst im Schritt, dann im Trab.

Dabei reicht es völlig aus, drei bis fünf Stangen im entsprechenden Abstand hintereinander auf den Boden zu legen. Der Abstand richtet sich jeweils nach der Trittlänge des Pferdes; pro Tritt überwindet das Pferd eine Stange. Wenn es über die Stangen tritt, hebt das Pferd die Hufe besonders aktiv hoch, senkt dabei den Kopf und wölbt den Rücken auf. Je besser das Pferd gelöst ist, desto größer kann der Abstand zwischen den Stangen werden. Man darf das Pferd allerdings nicht überfordern: Es muss immer taktmäßig und ruhig über diese Stangen treten können.

In der Reitbahn bieten sich zwei Stellen an, an denen man die Stangen auf den

Boden legen kann ohne den ganzen Arbeitsablauf zu stören. Zum einen kann man sie an der langen Seite innen neben den Hufschlag legen. Dann hat man jederzeit die Möglichkeit zu wählen, ob man über die Stangen oder ganz normal auf dem Hufschlag reiten möchte. Zum anderen kann man die Stangen an der offenen Zirkelseite in einem Halbkreis auf den Boden legen. Bei diesem Aufbau sind die Stangen sternförmig angeordnet. Die inneren Enden liegen also näher beieinander als die äußeren. Das hat den Vorteil, dass auch Reiter mit verschiedenen Pferden, die vielleicht ganz unterschiedliche Trittlängen haben, diese Stangen nutzen können. Und je weiter ein Pferd aufgewärmt und gelöst ist, desto weiter außen kann man die Stangen angehen. Wenn ich merke, dass mein Pferd mit dem Abstand überfordert ist, reite ich beim nächsten Mal einfach weiter innen.

Beim Anreiten und Überwinden von solchen Stangen im Trab muss der Reiter grundsätzlich *leichttraben*. Schließlich soll das Pferd den Rücken aufwölben und das fällt ihm erheblich leichter, wenn der Reiter den Pferderücken entlastet. Beim Anreiten ist es außerdem wichtig, gut zu

Die richtigen Abstände

Ehe du dein Pferd über die Stangen treten lässt, solltest du seine Trabbewegung einmal beobachten und dabei vor allem auf die Trittlänge achten. Leg die Stangen zu Beginn so hin, dass das Pferd in langsamem Tempo bequem darüber traben kann. Dann kannst du die Abstände nach und nach vergrößern und dein Pferd so dazu bringen, seine Tritte zu verlängern.

So ein Stangenfächer stellt deutlich höhere Anforderungen an Pferd und Reiter als einfache Bodenstangen.

zielen! Trabstangen werden in einer geraden Linie ohne Schlenker angeritten, sodass das Pferd auch sieht, was auf es zukommt. Wenn man plötzlich abwendet und sich im nächsten Augenblick direkt vor den Stangen befindet, wird das Pferd höchstwahrscheinlich stolpern oder sich nur durch abenteuerliche Aktionen retten können – und das ist dann wirklich allein die Schuld des Reiters. Daher ist es unbedingt notwendig, vorher einige Tritte in entsprechender Blickrichtung auf der Geraden beziehungsweise auf der Zirkellinie zu reiten. Dabei soll sich das Pferd im fleißigen Arbeitstrab bewegen, sodass das Tempo für das Überwinden der Stangen weder zurückgenommen noch verstärkt werden muss – schließlich soll das Pferd ja taktmäßig gehen.
Über den Stangen geht die Reiterhand deutlich nach vorne und ermöglicht es so dem Pferd, sich im Hals vorwärts-abwärts zu strecken und den Rücken aufzuwölben. Dabei sollte allerdings die Zügelanlehnung nicht verloren gehen! Hier ist das Feingefühl des Reiters gefragt.
So trabt das Pferd in gleichmäßigem Tempo mit raumgreifenden und geschmeidigen Tritten über die Stangen – und du als Reiter kannst richtig fühlen, wie der Pferderücken zu schwingen beginnt. Gerade diese Trabarbeit über Stangen kann man ohne großen Arbeitsaufwand durchführen. Sie sollte daher fester Bestandteil jedes Trainingsplans sein. Natürlich kann man die Stangen auch so hinlegen, dass die Abstände den Galoppsprüngen entsprechen, und sie dann im Galopp überwinden. Doch wenn man schon so weit ist, bietet es sich an, gleich zur richtigen Springgymnastik überzugehen.

Gymnastik über Hindernisse

Die Springgymnastik ist mit einem deutlich größeren Arbeitsaufwand verbunden. Hier ist schon im Vorfeld viel Einsatz gefragt, nämlich wenn das Ganze aufgebaut werden muss. Daher beschränkt sich das Springtraining oft auf eine festgelegte Unterrichtsstunde, vor und nach der dann alle Teilnehmer zusammen auf- und abbauen. Wenn du die Möglichkeit hast, ist es aber durchaus sinnvoll, auch in einer normalen Dressurstunde während der Lösungsphase einige kleinere Sprünge zu fordern.

Man sollte es mit dem Springen aber nie übertreiben! Nicht alle Pferde springen gleich gern: Manche sind ganz verrückt nach Hindernissen und lassen sich nur mit Mühe vom Springen abhalten, wenn sie eine Hürde sehen. Andere machen dagegen einen großen Bogen um alles, was auch nur entfernt nach Hindernis aussieht. Die meisten Pferde springen jedoch *von Zeit zu Zeit* ganz gerne – vorausgesetzt, dass es nicht zur Regel wird. Denn genau wie wir Menschen lieben Pferde die Abwechslung! Und so ein paar kleine Sprünge können die übliche Dressurstunde ganz schön aufpeppen.

Grundsätzlich sollte das Springtraining über einen längeren Zeitraum gesehen nicht öfter als einmal pro Woche auf dem Programm stehen. Natürlich kann man in bestimmten Trainingsabschnitten aber auch mal etwas öfter springen.

Die Springgymnastik beschränkt sich nicht auf das Überwinden einzelner Hindernisse. Die gymnastizierende Wirkung kommt dadurch zu Stande, dass das Pferd über mehrere Hindernisse in Reihe mit unterschiedlichen Abständen springt. Dadurch wird die Sprungkraft trainiert und das Pferd lernt zugleich sich selbstständig auf die Abstände zwischen den Sprüngen einzustellen und so auch sein Tempo zu kontrollieren. Außerdem verbessert es seine Springtechnik und wölbt über dem Hindernis den Rücken schön nach oben. Und genau das möchten wir ja erreichen!

Die Hindernisse

Bei der Springgymnastik geht es nicht darum, besonders hohe Hindernisse zu überwinden: Erst einmal reichen kleine Hüpfer völlig aus. So kann man schon mit ein paar Cavaletti einiges auf die Beine stellen. Cavaletti sind Bodenricks, an deren Enden sich Ständerkreuze befinden.

Über dem Sprung soll die Reiterhand deutlich nach vorne in Richtung Pferdemaul gehen. Diese Reiterin macht's falsch und behindert das Pferd im Maul.

Man kann ihre Höhe verändern, indem man sie dreht. Besser ist es allerdings, wenn man normale Hindernisse mit Stangenauflagen hat, denn dann kann man Kreuze legen.

Für so ein Kreuz legt man eine Stange nur auf der rechten Seite in die Halterung am Hindernisständer und eine zweite Stange nur auf der linken Seite. Auf der jeweils anderen Seite liegen die Stangen am Boden. Bei einem solchen Kreuz befindet sich der niedrigste Punkt des Hindernisses genau in der Mitte. Normalerweise zielt das Pferd daher schon von sich aus auf die Mitte des Sprungs – und das wiederum erleichtert dem Reiter das Anreiten. Die Gefahr, dass das Pferd am Hindernis vorbeiläuft, ist dadurch geringer. Falls das Pferd dennoch zum Vorbeilaufen neigt, kann man links und rechts im rechten Winkel zur Hürde zusätzliche Hindernisstangen anbringen. Diese so genannten Fänge bilden eine Art Trichter zum Hindernis, sodass das Pferd nicht so leicht zur Seite ausbrechen kann.

Kreuzsprünge können einzeln benutzt werden, man kann sie aber auch als vorderen Teil eines Oxers einsetzen. Dann ist die hintere, höhere Stange zwar waagerecht, aber das Kreuz davor macht trotzdem einen einladenden Eindruck.
Bei jeder Hürde sollte eine Hindernisstange direkt am Boden liegen. Das erleichtert es dem Pferd, den Abstand zum Hindernis richtig einzuschätzen.

Der Aufbau

Es ist gar nicht so einfach, eine Springreihe so aufzubauen, dass sie richtig auf das Pferd abgestimmt ist. Daher ist es sinnvoll, diese Aufgabe dem Reitlehrer in der Springstunde zu überlassen. Dennoch können wir uns hier einmal grundsätzlich anschauen, was zu einer Springreihe gehört.

Es gibt verschiedene Elemente, die in der Springgymnastik eingesetzt werden können. Sehr wichtig ist zum Beispiel der so genannte In-Out. Darunter versteht man zwei Hindernisse, die so dicht beieinander stehen, dass das Pferd die beiden ohne einen Zwischengaloppsprung überwinden muss: Die Landung nach dem ersten Hindernis ist zugleich der Absprung für das zweite. Der Abstand zwischen beiden Sprüngen beträgt dabei ungefähr 3,50 Meter. (Die Distanzangaben beziehen sich auf ein durchschnittliches Großpferd.)

Diese Übung eignet sich besonders gut für Pferde, die sonst dazu neigen, im Parcours davonzurasen. Hier bremsen sie sich ganz von selbst, denn sonst schaffen sie den zweiten Sprung nicht! Zudem hat dieser Doppelsprung einen großen Wert für das Training der Sprungkraft und der Pferderücken wird dabei sehr schön aufgewölbt.

Es muss übrigens nicht bei diesen beiden Sprüngen bleiben – fortgeschrittene Reiter und Pferde bewältigen ganze Reihen aus In-Outs! So findet das Pferd auch ganz von alleine in

Der Oxer

Hindernisse, die nur aus übereinander liegenden Stangen bestehen, nennt man Steilsprünge. Ein so genannter Oxer besteht aus einem solchen Steilsprung, hinter dem noch eine zweite, etwas höhere Stangenreihe (oder Einzelstange) angebracht ist. Den Abstand zwischen der vorderen und der hinteren Stange bezeichnet man als die Tiefe des Sprungs. Bei einem Oxer darf die vordere Stange nie höher sein als die hintere. Die letzte zulässige Möglichkeit besteht darin, beide Stangen gleich hoch zu hängen. Wäre der vordere Oxerteil höher als der hintere, so könnte das Pferd die hintere Stange nicht rechtzeitig sehen und würde sich so leicht in seinem Sprung verschätzen. Deshalb darf ein Oxer auch stets nur von der richtigen Seite aus übersprungen werden. Wer sich daran nicht hält, nimmt bewusst in Kauf, dass sich das Pferd schmerzhaft an den Stangen stößt!

einen gleichmäßigen Rhythmus, der für das kontrollierte Springen sehr wichtig ist. Bei solchen Reihen kann man zwischendurch auch einmal einen größeren Abstand einbauen, sodass das Pferd einen normalen Galoppsprung machen muss. Dieser Galoppsprung sollte sich dann ebenfalls dem Rhythmus anpassen, den das Pferd gefunden hat.

Damit sind wir schon fast bei der so genannten Kombination angelangt: Eine Kombination besteht aus zwei oder mehr Hindernissen. Sie sind so angeordnet, dass das Pferd zwischen den Sprüngen je nach Aufbau ein oder zwei Galoppsprünge machen kann. Auch hier trainieren Pferd und Reiter das richtige Taxieren des Hindernisses. Außerdem kann das Pferd nicht unkontrolliert davonlaufen – zu schnell folgt der nächste Sprung. Um genau zu bestimmen in welcher Weise eine Kombination überwunden werden soll, kann man auch einzelne Hindernisstangen parallel zu den Sprüngen auf den Boden legen. Diese Stangen müssen dann durch die Galoppsprünge zwischen den Hindernissen gezielt überwunden werden.

Gerade in der Springgymnastik hat auch das Springen aus dem Trab seinen Platz. Indem man Hindernisse im Trab anreitet, hindert man das Pferd daran, sich zu früh von den Hilfen des Reiters frei zu machen und/oder zu früh abzuspringen. Um hier den Absprung zu erleichtern, wird eine Absprungstange, in diesem Fall die so genannte Trabstange, in einem Abstand von circa 2,20 bis 2,50 Metern vor das Hindernis gelegt. Über diese Stange muss das Pferd noch traben – dann springt

Das Taxieren

Beim Taxieren eines Hindernisses geht es darum, die Entfernung zur Hürde exakt einzuschätzen und den richtigen Absprungzeitpunkt zu finden. Springt das Pferd zu früh oder zu spät ab, so wird es mit großer Wahrscheinlichkeit eine oder mehrere Hindernisstangen reißen und womöglich sogar stürzen. Erfahrene Springpferde taxieren die Hindernisse sehr selbstständig und brauchen nur wenig Hilfestellung. Bei jungen oder unsicheren Pferden muss dagegen der Reiter ganz klar die Führung übernehmen.

es ab. Der Absprung aus dem Trab ist auch ein hervorragendes Mittel um die Sprungkraft zu trainieren.

Aus den hier aufgezählten Elementen lassen sich schon sehr abwechslungsreiche und interessante Springreihen aufbauen. Pferd und Reiter lernen beim Training in diesen Reihen ihre Koordination zu verbessern. Außerdem wird das Pferd deutlich gymnastiziert. Dabei kann man zum Beispiel auch Reihen aus Trabstangen einfügen (siehe Seite 106). Und ein einfacher Galoppwechsel zwischendurch stellt die Durchlässigkeit des Pferdes unter Beweis. Etwas Fantasie ist gefragt!

Das Springen

Ehe es mit der Springgymnastik losgeht, verkürzt du erst einmal die Steigbügelriemen (siehe Seite 18). Nun folgt eine Aufwärmphase, in der du das Pferd ruhig auf beiden Händen galoppieren lässt. Achte besonders darauf, dass sich dein Pferd unter dir im Entlastungssitz entspannt! Zur Erinnerung: Im Entlastungssitz lehnst du deinen Oberkörper (der dabei in sich gerade bleibt!) etwas nach vorne und nimmst dadurch dein Gesäß leicht aus dem Sattel. Die Hände gelangen dadurch etwas tiefer in Richtung Pferdemaul, während die Schenkel weiterhin am Pferd anliegen. Auch im Entlastungssitz treibst du dein Pferd und hast die Beine am Pferdeleib!

Bevor du einen Sprung anreitest, solltest du sicher sein, dass sich dein Pferd willig abwenden, durchparieren und beschleunigen lässt.
Wir beginnen mit den Sprüngen aus dem Trab. Du reitest das Hindernis im Leichttraben an und gibst mit den Schenkeln das Signal zum Absprung. Im Moment des Absprungs hebst du dein Gesäß ganz aus dem Sattel, indem du dich in die Bügel stellst, und gehst mit deinen Händen deutlich in Richtung Pferdemaul vor. Das ist sehr wichtig, damit sich das Pferd über dem Sprung strecken kann. Wenn du nicht mit den Zügeln nachgibst, bekommt es von dir sofort einen Ruck in sein empfindliches Maul!

Man muss das Hindernis gerade anreiten, damit das Pferd korrekt springen kann.

Und das ist nun wirklich nicht die richtige Belohnung für einen gehorsamen Sprung. Selbstverständlich gilt das für alle Sprünge, nicht nur für die aus dem Trab.

Bei der Landung werden die Zügel wieder weich aufgenommen und man lässt das Pferd ganz nach Belieben weitergaloppieren oder sofort wieder zum Trab durchparieren.

Das Anreiten eines Hindernisses im Galopp läuft grundsätzlich nicht anders ab. Bei kleinen Sprüngen bleibst du im Entlastungssitz und gibst das Signal zum Absprung mit den Schenkeln. Erst in größeren und anspruchsvolleren Parcours kann es notwendig werden, sich kurz vor dem Hindernis noch einmal richtig in den Sattel zu setzen um die nötige Einwirkung zu erlangen. Doch in der Springgymnastik ist das normalerweise nicht nötig.

Wenn du zwischen den Hindernissen längere Galoppstrecken zurücklegst, kannst du hier auch richtig in den Springsitz gehen. Dazu stellst du dich in die Bügel, verstärkst deinen Knieschluss und hebst dein Gesäß völlig aus dem Sattel. Gerade in Kombinationen und Springreihen musst du darauf achten, die Zügel

Handhaltung beim Springen

Wenn du beim Springen noch unsicher bist, fällt es dir vielleicht schwer, mit den Händen weit genug in Richtung Pferdemaul vorzugehen. In diesem Fall ist es zunächst erlaubt, mit den Händen auf dem Mähnenkamm nach vorne zu gehen, denn auch dadurch wird ein Ruck im Pferdemaul verhindert. Man kann sich ruhig auch in der Mähne festhalten! Das ist auf jeden Fall besser, als dem Pferd aus Unsicherheit wehzutun. Wenn du mehr Erfahrung hast, kannst du dich dann darauf konzentrieren, mit den Händen wirklich in Richtung Pferdemaul vorzugehen.

direkt in der Landung wieder weich aufzunehmen, damit du das Pferd kontrolliert an den nächsten Sprung heranreiten kannst. Das ist überhaupt sehr wichtig: Reite Sprünge stets kontrolliert an!

Wenn du merkst, dass dein Pferd dir davonläuft oder seitlich ausbricht, solltest du nach Möglichkeit rechtzeitig vor dem Sprung noch einmal abwenden und dein Pferd wieder richtig an die Hilfen stellen. Das heißt natürlich nicht, dass du dein Pferd direkt vor dem Hindernis noch herumreißt! So etwas kann richtig gefährlich werden. Gerade damit du *rechtzeitig* abwenden kannst, ist es sehr wichtig, vorausschauend zu reiten. Du solltest mit den Augen immer bereits beim nächsten Sprung sein. Wenn du dann merkst, dass dein Pferd dir nicht mehr gehorcht, hast du auch den Überblick über die Möglichkeiten, die dir noch bleiben.

Steht dein Pferd nun wieder richtig an den Hilfen, kannst du das Hindernis erneut ansteuern. Denke daran: Reite immer gerade auf den Sprung zu! Profis können vielleicht durch schräges Anreiten abkürzen. Im grundlegenden Training hat das noch nichts zu suchen. Gib deinem Pferd die Möglichkeit den Sprung in Ruhe zu taxieren und konzentriere dich selbst ebenfalls darauf.

Viel zu oft kommt es auch vor, dass ein Pferd den Sprung einfach verweigert, indem es davor stehen bleibt. Vielleicht hat das Pferd gemerkt, dass der Abstand zum Hindernis überhaupt nicht passte, und ist deshalb stehen geblieben. In diesem Fall ist

Wenn das Pferd einen Sprung verweigert, kann das viele Ursachen haben. Meist hat der Reiter einen Fehler gemacht.

es ein sehr intelligentes und vorsichtiges Pferd, denn es hat durch sein Stehenbleiben einen möglichen Sturz vermieden.

Aber es gibt noch andere Ursachen fürs Verweigern. Manche Pferde sind sehr sensibel, was ihren Reiter betrifft. Ist der Reiter ängstlich und unsicher, werden sie es auch. Wenn du also Angst vor dem Sprung hast, kann es passieren, dass dein Pferd auch Angst bekommt und deshalb stehen bleibt. In diesem Fall musst du deine Angst besiegen und energisch auf das Hindernis zureiten – oder noch einmal in Ruhe eine Nummer kleiner üben.

Andere Pferde springen eigentlich gerne, doch durch ungeschickte Reiter oder zu hohe Anforderungen haben sie schlechte Erfahrungen gemacht. Vielleicht ist ihnen der Reiter über dem Sprung ins Kreuz geplumpst oder hat sie im Maul gerissen oder sie sind einmal gestürzt. So kann ein Pferd „sauer“ werden und sich deshalb weigern überhaupt noch zu springen. Hier hilft nur ein ganz vorsichtiges Training von den ersten Anfängen an.

Dabei muss man besonders darauf achten, dass das Pferd keine Schmerzen erleiden muss.

Wenn das alles nicht der Fall ist und dein Pferd trotzdem verweigert, hast du wahrscheinlich nicht gerade einen begeisterten Springer unter dir: Dieses Pferd hat keine Lust zum Springen, vermutlich auch kein besonderes Talent dafür – und es nimmt deine Versuche es zum Springen zu bewegen nicht gerade ernst. Bei einem solchen Pferd musst du dich energisch durchsetzen! Ein freundlich einladendes Hindernis ist hier genau das Richtige. Links und rechts von der Hürde sollten Fänge aufgebaut sein, die verhindern, dass das Pferd am Hindernis vorbeiläuft. Es ist entscheidend, dass du wirklich springen *willst* – dann wirst du es auch schaffen, dass dein Pferd dich ernst nimmt.

Man darf dabei nicht vergessen, dass es viele Pferde gibt, die gerne springen – und andere mögen das Springen eben nicht besonders. Wenn dein Pferd nicht gerne springt, kannst du natürlich trotzdem ab und zu ein kleines Hindernis überwinden – aber von Siegen auf Springturnieren solltest du in diesem Fall lieber nicht träumen! So viel Rücksicht musst du auf die Veranlagung deines Pferdes schon nehmen.

Zurück zum Springen selbst: Während des Sprungs solltest du dich auf zwei Dinge konzentrieren: Erstens musst du unbedingt mit der Bewegung des Pferdes mitgehen, damit du es nicht im Maul störst und ihm nicht in den Rücken fällst. Und zweitens schaust du schon einmal, in welche Richtung du weiterreiten möchtest. Wenn du das weißt, kannst du deinem Pferd bei der Landung direkt die korrekten Hilfen geben. Doch schon über dem Hindernis kannst du etwas dafür tun, dass dein Pferd in der richtigen Richtung und vor allem im richtigen Galopp landet! Dazu musst du nur dein Gewicht ein wenig in die gewünschte Richtung verlagern. Die Betonung liegt hier auf „ein wenig“! Denn es ist nicht der Sinn der Sache, das Pferd über dem Hindernis im Gleichgewicht zu stören. Wenn du das Gewicht zwar nur wenig, aber doch deutlich nach links oder rechts verlagerst, wird dein Pferd so gut wie immer in dem entsprechenden Galopp landen.

Im Parcours sollen alle Wendungen im Innengalopp genommen werden. Du musst also Wendungen nach rechts im Rechtsgalopp und Wendungen nach links im Linksgalopp reiten. Daher ist es ein großer Vorteil, wenn das Pferd direkt im richtigen Galopp landet. Das erspart dir das Durchparieren zum Trab und das erneute Angaloppieren.

Für das richtige Durchreiten einer Springreihe oder eines Parcours muss das Pferd also schon sehr gut geritten sein und durchlässig an den Hilfen stehen. Eine dressurmäßige Grundausbildung ist daher eine unabdingbare Voraussetzung fürs korrekte Springen. Umgekehrt dient das Springtraining auch der dressurmäßigen Arbeit, indem es das Pferd gymnastiziert und lockert. So stehen sich hier nicht etwa zwei Gegensätze gegenüber, sondern Springen und Dressur ergänzen sich hervorragend.

Für Gangpferdereiter gilt genauso wie für Anhänger der deutschen Reitweise: Der Spaß darf nie zu kurz kommen!

Du und dein Pferd

Obwohl wir jetzt so viele Lektionen der deutschen Reitweise kennen gelernt haben, war das noch lange nicht alles. Nicht nur innerhalb dieser Reitweise bieten sich zahlreiche weitere Möglichkeiten – es gibt auch grundsätzlich rund ums Pferd vieles zu bedenken. Und das ist völlig unabhängig von der Reitweise: Das meiste davon gilt für jeden Pferdefreund, sei er nun Westernreiter, Distanzreiter, Gangpferdereiter, Dressur- oder Springreiter!

Überhaupt sind die Unterschiede zwischen den verschiedenen Reitweisen gar nicht so groß, wie es auf den ersten Blick oft erscheint. Wenn wir sagen, dass die deutsche Reitweise pferdefreundlich ist, heißt das nicht, dass andere Reitweisen das nicht sind! Jede Reitweise ist schonend und pferdefreundlich – wenn sie wirklich gut ausgeführt wird. Ein guter Westernreiter wird beispielsweise mit einem gut gerittenen Dressurpferd schnell zurechtkommen. Und genauso kann sich ein guter Dressurreiter schnell mit einem ausgebildeten Gangpferd anfreunden ... Denn auch das kennzeichnet einen guten Reiter: die Toleranz gegenüber anderen Reitstilen und die Fähigkeit sich schnell auf jedes einzelne Pferd einzustellen.

Ob jemand ein guter Reiter ist, hat nicht das Geringste mit der Reitweise zu tun, die er betreibt. Deshalb kann es sinnvoll sein auch einmal die Augen aufzumachen und von den Vertretern anderer Reitweisen etwas zu lernen. Ein Blick über den eigenen Horizont hinaus hat noch niemandem geschadet!

Die Pferdehaltung

Es ist überwiegend den Vertretern anderer Reitweisen zu verdanken, dass immer mehr Pferde im deutschsprachigen Raum artgerecht gehalten werden. Die artgerechte Haltung ist zwar eigentlich im Tierschutzgesetz verankert – doch wirklich umgesetzt wird sie immer noch zu selten. Aber was bedeutet artgerechte Haltung eigentlich?
Pferde sind Herdentiere. Artgerecht leben sie also nur dann, wenn sie sich nach Möglichkeit ständig in Gesellschaft anderer Pferde befinden. Ein einzeln gehaltenes Pferd ist immer ein unglückliches Pferd!

Doch Pferde sind nicht nur Herdentiere, sie sind auch Lauftiere. Das bedeutet, dass es noch lange nicht ausreicht, wenn ein Pferd im Stall seine Boxennachbarn sehen kann. Ein Pferd,

Die Westernreiter legen besonders großen Wert auf die artgerechte Haltung und Ausbildung der Pferde.

das nicht regelmäßig auf der Weide oder im Auslauf mit anderen Pferden zusammen sein kann, führt also ebenfalls kein artgerechtes Leben.

Es ist auf keinen Fall in Ordnung, wenn ein Pferd die Box nur verlässt um geritten zu werden. Die freie Bewegung ist sehr wichtig! Wenn dazu keine Weide zur Verfügung steht, tun es auch ein paar Stunden in einem Auslauf oder zur Not sogar in der Reithalle.

Am besten ist dein Pferd zusammen mit Artgenossen in einem Offen- oder Laufstall mit angrenzendem Auslauf und Weidegang untergebracht. Hier können die Vierbeiner jederzeit frei wählen, ob sie sich im Stall oder draußen aufhalten wollen, ob sie mit einem Kollegen ein bisschen Fellpflege betreiben oder eine Runde laufen möchten.

Abwechslung muss sein: Viele Pferde sind ganz begeistert, wenn sie im Wasser plantschen dürfen.

Wie du es auch anstellst: Auf keinen Fall sollte ein Pferd dreiundzwanzig Stunden am Tag in einer womöglich auch noch dunklen und engen Box stehen. Wenn du keine Möglichkeit hast deinem Pferd genug freien Auslauf zu verschaffen, solltest du dich auf jeden Fall nach einer anderen Unterbringungsmöglichkeit umsehen. Dein Pferd wird es dir danken!

Abwechslung beim Training

Nehmen wir einmal an, dein Pferd oder Pflegepferd führt zusammen mit Artgenossen ein geradezu paradiesisches Leben auf der Weide. Da kann es sich nun wirklich nicht beklagen! Vor der eigentlichen Arbeit wird es immer zunächst im Schritt geritten und dann gründlich gelöst, bis es wirklich entspannt geht. Bei der versammelnden Arbeit achtest du darauf, deinen Vierbeiner nicht mit schweren Lektionen zu überfordern. Stattdessen erarbeitest du alles Schritt für Schritt, sodass die Trainingsstufen aufeinander aufbauen. Perfekt! Und trotzdem wirkt dein Pferd vielleicht lustlos und hat offensichtlich keine Freude an der Arbeit – merkwürdig!

Wenn das der Fall ist, solltest du deinen Trainingsplan einmal überdenken. Nicht alle Pferde sind gleich belastbar beziehungsweise haben zu den gleichen Dingen gleich viel Lust. Genau wie bei uns Menschen gibt es auch bei den Tieren sehr große persönliche Unterschiede. Manche Leute haben Spaß daran, auf einem Fußballplatz hinter dem Ball herzulaufen. Andere würden niemals freiwillig ein Fußballtrikot anziehen. Wieder andere tanzen gerne Ballett, während manche Mitmenschen dafür nur ein müdes Gähnen übrig haben ...

Bei den Pferden sieht das natürlich etwas anders aus: Geritten werden sie fast alle. Das ist nun einmal das Schicksal der meisten Pferde, die von Menschen gehalten werden. Genauso müssen wir Menschen ja auch arbeiten um uns unseren Lebensunterhalt zu verdienen. Doch die Arbeit kann viel Spaß machen, wenn sie abwechslungsreich und interessant ist und man seiner Tätigkeit in einer freundlichen Atmosphäre nachgehen kann – und wenn man nicht ständig Überstunden machen muss! Wenn dein Pferd lustlos wirkt, ist es wahrscheinlich gelangweilt oder durch das regelmäßige Training überfordert – entweder körperlich oder geistig. Das lässt sich durch einen abwechslungsreichen Trainingsplan recht leicht vermeiden.

Kaum ein Pferd hat sieben Tage in der Woche Lust auf dem Dressurplatz zu trainieren. Genauso wenig mögen die meisten Pferde jeden Tag springen. Bei Ausritten sind viele Pferde zufriedener – doch ein leistungsgewohntes Pferd wird sich im Gelände wahrscheinlich irgendwann langweilen. Daher kommt es darauf an, die richtige Mischung zu finden!

Normalerweise reicht es völlig, an vier Tagen pro Woche ernsthaft zu trainieren. Diese vier Tage kann man so über die Woche verteilen, dass man höchstens an zwei aufeinander folgenden Tagen trainiert. Du kannst auch einmal eine Ausnahme machen, wenn du eine bestimmte Lektion erarbeiten möchtest, bei der es gerade „hakt". Doch auch in diesem Fall tut eine Pause meist nur gut.
Die restlichen drei Tage der Woche kannst du nun ganz nach Belieben gestalten: Ausritte, Springtraining, Bodenarbeit, Spaziergänge ... Wenn sich dein Pferd auf der Weide oder im Auslauf frei bewegen kann, ist manchmal auch ein Ruhetag ganz angenehm. Für Boxenpferde sind Stehtage allerdings eine Qual.

Vor allem Ausritte ins Gelände sind ein wichtiger Bestandteil der deutschen Reitweise. Deshalb wollen wir uns einmal etwas näher mit ihnen befassen.

Reiten im Gelände

Ehe du ins Gelände gehst, solltest du völlig sicher sein, dass du wirklich sattelfest bist und dein Pferd auch in schwierigen Situationen voll im Griff hast.

Wenn ein Pferd im Gelände durchgeht, ist das keineswegs lustig, wie viele Reiter zu glauben scheinen! Ein unkontrolliert dahinrasendes Pferd gefährdet sich selbst, seinen Reiter und andere unbeteiligte Erholungsuchende oder Verkehrsteilnehmer. Wenn ein Pferd zum Durchgehen neigt, stimmt garantiert ganz grundsätzlich etwas nicht: Möglicherweise hat das Pferd Schmerzen und das Durchgehen ist einfach ein Versuch sich diesen Schmerzen zu entziehen. Oder die Verständigung zwischen Reiter und Pferd klappt überhaupt nicht und das Pferd entzieht sich der mangelhaften Einwirkung des Reiters, indem es einfach davonläuft.

Du solltest dir in einem solchen Fall unbedingt die Mühe machen herauszufinden, was die eigentliche Ursache für deine Schwierigkeiten mit dem Pferd ist. Dabei können dir sowohl dein Reitlehrer als auch gegebenenfalls der Tierarzt helfen.

Vor einem Ausritt verkürzt du die Steigbügelriemen etwas (siehe Seite 18), damit du bequem leichttraben und im Galopp den Entlastungs- beziehungsweise den Springsitz einnehmen kannst. Fürs Reiten im Gelände gilt genauso wie für die Dressurstunde: Die ersten zehn Minuten reitet man im Schritt! Was in Westernfilmen immer so beeindruckend aussieht – der Held springt aufs Pferd und galoppiert rasant von dannen –, ist Quatsch und schadet der Gesundheit des Pferdes.

Bevor du trabst oder galoppierst, solltest du dich vergewissern, dass der Boden auf dieser Strecke eben ist und keine Löcher oder spitzen Steine aufweist.

Im Gelände kommt es nicht so sehr darauf an, das Pferd zu versammeln – schließlich verlangt man auf einem entspannten Ausritt keine schwierigen Dressurlektionen. Doch auch hier ist es wichtig, dass sich das Pferd entspannt und gelöst bewegt. Im Trab und Galopp hält man eine leichte Zügelanlehnung, die es dem Pferd erlaubt, in natürlicher Haltung zu gehen. Dabei ist der Kopf leicht erhoben und die Nasenlinie etwas vor der Senkrechten. Das Pferd darf auch im Gelände weder den Kopf hochreißen noch gegen den Zügel gehen! Der Reiter setzt seine Schenkelhilfen und bedingt auch seine Gewichtshilfen ein, indem er sein Gewicht entsprechend der jeweiligen Richtungsänderung verlagert. Er sitzt beim Ausreiten allerdings nicht schwer im Sattel ein.
Im Gelände muss jeder Reiter besondere Rücksicht nehmen – und zwar nicht nur auf andere Reiter, die seinen Weg kreuzen, sondern auch auf andere Erholungsuchende und Verkehrsteilnehmer.

Die ersten und die letzten zehn Minuten reitet man auch im Gelände immer im Schritt.

Daher pariert man immer zum Schritt durch, wenn man jemandem begegnet – und ein freundlicher Gruß hat auch noch keinem geschadet.

Für den Rückweg gilt das Gleiche wie für den Hinweg: Mindestens die letzten zehn Minuten, besser noch die letzten zwanzig Minuten reitet man im Schritt, damit sich das Pferd wieder beruhigen und allmählich abkühlen kann.

Bodenarbeit

Bodenarbeit gibt es in den verschiedensten Formen. Grundsätzlich besagt dieser Begriff nur, dass du nicht im Sattel sitzt, sondern vom Boden aus mit deinem Pferd arbeitest. Und das ist auf jeden Fall eine sehr sinnvolle Form der Beschäftigung mit dem Pferd, die Bestandteil jedes Trainingsplans sein sollte.

Gerade vom Boden aus kannst du sehr viel für dein grundsätzliches Verhältnis zu deinem Pferd tun. Jeder Reiter möchte eine gute Beziehung zu seinem Pferd haben. Um dies zu erreichen, sind zwei Dinge entscheidend: Vertrauen und Dominanz. Pferd und Mensch müssen sich gegenseitig vertrauen um gut zusammenarbeiten zu können – das ist klar. Doch warum ist die Dominanz des Reiters so wichtig und wie kommt es, dass sich Dominanz und Vertrauen gegenseitig bedingen?

Da das Pferd ein Herdentier ist, vermittelt ihm die Herde ein Gefühl von Sicherheit und Geborgenheit. In jeder Pferdeherde gibt es eine Rangordnung. Die rangniederen Pferde ordnen sich den dominanteren (ranghöheren) Tieren unter und werden dafür von diesen beschützt.

Wenn dein Pferd dir vertrauen soll, ist es daher notwendig, dass es dich als ranghöher ansieht. Sonst kannst du ihm aus seiner Sicht keine Sicherheit bieten! Der Ranghöhere übernimmt nicht nur das Kommando, sondern auch die Verantwortung. Wenn du von deinem Pferd verlangst, dass es zum Beispiel über eine unheimlich dröhnende Brücke gehen soll, sagst du ihm damit zugleich: „Solange ich bei dir bin und du tust, was ich von dir erwarte, wird dir nichts passieren!“

Bei der geforderten Dominanz geht es also nicht darum, sein Pferd irgendwie herumzukommandieren oder gar Gewalt anzuwenden. Im Gegenteil: Es geht darum, Verantwortung zu übernehmen und dem Pferd Sicherheit zu bieten. Nur in einem solchen Verhältnis können Mensch und Pferd einander problemlos verstehen und miteinander glücklich werden – denn ein ungehorsames Pferd ist immer auch ein unsicheres Pferd.

Die Bodenarbeit ist ein Mittel um ein solches Verhältnis zu erreichen. Wenn du mit deinem Pferd am Boden arbeiten möchtest, kannst du das mit der Longe oder mit einem langen Führstrick tun, mit Stangen oder auf ebener Erde, rückwärts, seitwärts, vorwärts ... Es gibt sehr viele Möglichkeiten! Auf jeden Fall brauchst du ein vernünftiges Konzept, ehe du mit deinem Pferd zu arbeiten beginnst. Sprich mit deinem Reitlehrer darüber, welche Variante der Bodenarbeit für dich und dein Pferd am sinnvollsten ist. Hier gilt übrigens das Gleiche wie für die Dressurarbeit: Arbeite sorgfältig an den Grundlagen und gehe erst dann zu schwierigeren Lektionen über, wenn du ganz sicher bist, dass ihr beide – du und dein Pferd – bis dahin alles verstanden und richtig gemacht habt! Wenn dein Pferd etwas nicht versteht, dann brich die Übung ab und setze ganz neu an. Nur auf diese Weise erreichst du, dass dein Pferd dir auch wirklich „zuhört“!

Kondition und Muskeln

Stell dir vor, ein absoluter Spitzenreiter kommt, setzt sich auf dein Pferd und beginnt mit Lektionen der hohen Schule ... Solange dein Pferd körperlich nicht in der Lage ist die Wünsche des Reiters zu erfüllen, wird auch dem Könner alle Mühe nicht viel nützen. Gerade für die dressurmäßige Versammlung muss das Pferd nicht nur seine Bewegungen fein aufeinander abstimmen – es braucht auch eine gut ausgeprägte Hinterhandmuskulatur. Du musst dir daher stets darüber im Klaren sein, dass die Leistungsfähigkeit deines Pferdes langsam und allmählich aufgebaut werden muss.

Für den grundsätzlichen Konditionsaufbau nützt es nichts, das Pferd irgendwie durch die Gegend zu scheuchen. Lange Schrittausritte mit immer länger werdenden Trabphasen sind da viel empfehlenswerter. Auf diese Weise kann man die Anforderungen an das Pferd ganz allmählich steigern. Besonders vorteilhaft ist es, wenn man die Gelegenheit hat mit seinem Pferd das Klettern zu üben. Das Bergauf- und Bergabreiten steigert nicht nur die Kondition, sondern fördert auch das Gleichgewicht – und es macht Spaß.

Wenn dein Pferd bereits eine gewisse Grundkondition hat, eignet sich natürlich das Dressurtraining besonders gut dafür, die in der Dressur beanspruchten Muskeln zu trainieren. Doch bedenke dabei, dass du dein Pferd nie überlasten darfst! Ein müdes Pferd ist nicht in der Lage sich wirklich zu versammeln und exakt auf die reiterlichen Hilfen zu reagieren. Wenn dann nichts mehr klappt, ist das nicht die Schuld des Pferdes, sondern die des gedankenlosen Reiters.

Auch die Jahreszeiten wirken sich auf die Belastbarkeit eines Pferdes aus. Im dicken Winterfell schwitzt es sich viel schneller und hinterher wird das Fell sehr lange nicht mehr trocken – daher sollte man das Pferd in der kalten Jahreszeit lieber etwas schonen. Im Frühjahr und im Herbst fordert der Haarwechsel einige Energie vom Pferd.

Die beste Jahreszeit um sein Pferd so richtig in Kondition zu bringen und erfolgreich zu trainieren ist daher der Sommer. Im Sommer finden ja auch die meisten Turniere statt. Wenn es sehr warm ist, solltest du dir allerdings schon die Mühe machen früh aufzustehen. Denn morgens ist die Luft noch kühl und frisch, während es ab dem späten Vormittag für Pferd und Reiter oft schon unerträglich heiß wird. Auch Pferde können dann Kreislaufprobleme bekommen. Und mal ganz ehrlich: Wenn die Sonne so richtig brennt, gibt es schon angenehmere Freizeitbeschäftigungen als sich auf einem schwitzenden Pferd von den Fliegen nerven zu lassen ...

All diese Dinge muss ein guter Reiter berücksichtigen. Denn ein guter Reiter beschränkt sich nicht darauf, korrekt auf dem Pferd zu sitzen – er ist ein richtiger Pferdemensch. Und als echter Pferdefreund gibt er sich nicht nur Mühe, sein Pferd zu verstehen! Er übt sich auch darin, sich so auszudrücken, dass sein Pferd ihn versteht.

Vielleicht klingt das für dich etwas zu ernst, zu anstrengend ... Doch glaub mir: Reiten und der Umgang mit Pferden machen erst dann richtig Spaß, wenn man sich wirklich gut verständigen kann. Denn dann ist auch das Pferd mit Freude bei der Sache! Und es ist wunderschön, wenn Pferd und Reiter sich so gut verstehen, dass beide mit Begeisterung dabei sind. Wer das schon erlebt hat, wird die Freude am Reiten nie verlieren. In diesem Sinne wünsche ich dir weiterhin ganz viel Spaß mit Pferden!

Nur wenn Pferd und Reiter sich gut verstehen, ist der Vierbeiner auch unter dem Sattel mit Freude bei der Sache.

Sachregister